Os Fanáticos

Do Autor:

Séries

OS PATRIOTAS

A Sombra e a Noite – Vol. 1
A Chama Não se Apagará – Vol. 2
O Preço do Sangue – Vol. 3
Com Honra e pela Vitória – Vol. 4

OS CRISTÃOS

O Manto do Soldado – Vol. 1
O Batismo do Rei – Vol. 2
A Cruzada do Monge – Vol. 3

VICTOR HUGO

Eu Sou uma Força que Avança! – Tomo I
Este Um Sou Eu! – Tomo II

Max Gallo

Os Fanáticos

Romance

Tradução
Jorge Bastos

BERTRAND BRASIL

Copyright © Librairie Arthème Fayard, 2006
Título original: *Les Fanatiques*

Capa: Simone Villas-Boas

Editoração: DFL

Texto revisado segundo o novo
Acordo Ortográfico da Língua Portuguesa

2010
Impresso no Brasil
Printed in Brazil

CIP-Brasil. Catalogação na fonte
Sindicato Nacional dos Editores de Livros, RJ

G162f	Gallo, Max, 1932- Os fanáticos: romance/Max Gallo; tradução Jorge Bastos. – Rio de Janeiro: Bertrand Brasil, 2010. 256p. Tradução de: Les fanatiques ISBN 978-85-286-1438-1 1. Romance francês. I. Bastos, Jorge. II. Título.
10-2546	CDD – 843 CDU – 821.133.1-3

Todos os direitos reservados pela:
EDITORA BERTRAND BRASIL LTDA.
Rua Argentina, 171 – 2º andar – São Cristóvão
20921-380 – Rio de Janeiro – RJ
Tel.: (0xx21) 2585-2070 – Fax: (0xx21) 2585-2087

Não é permitida a reprodução total ou parcial desta obra, por quaisquer meios, sem a prévia autorização por escrito da Editora.

Atendimento e venda direta ao leitor:
mdireto@record.com.br ou (0xx21) 2585-2002

Romance = "mentir na verdade".

Qualquer semelhança, qualquer aproximação com nomes, circunstâncias, temas e locais reais são totalmente fortuitos.

M. G.

"Aquele que se servir apenas do próprio julgamento no uso do Corão, mesmo que alcance a verdade em determinado ponto, estará errado, pelo fato de ter se servido apenas do próprio julgamento."

AL-TABARI (839-923),
historiador e exegeta persa

"Quem quer que ouse pensar não nasceu para acreditar em mim. Obedecer em silêncio é a única glória.
....
Adore e agrida: suas mãos vão estar armadas Pelo Anjo da Morte e pelo Deus dos Exércitos.
....
Obedeça, agrida, banhado no sangue de um ímpio Mereça com a sua morte uma vida eterna."

VOLTAIRE,
*O fanatismo
ou Maomé, o profeta*, 1741

"Existem dois partidos no mundo, o de Alá e o de Satã: o partido de Alá se coloca sob o estandarte de Alá e apresenta as suas insígnias; e o partido de Satã engloba todas as comunidades, grupos, raças e indivíduos que não estão sob o estandarte de Alá."

SAYYID QUTB (1906-1966)
Irmão Muçulmano egípcio

Sumário

Prólogo 11

Primeira parte 17

Segunda parte 79

Epílogo 245

Prólogo

Meu amigo Julien Nori, professor de história romana na Sorbonne, foi morto na terça-feira, 4 de outubro, no centro de uma área que ele denominava o Círculo Sagrado de Paris — e portanto, às vezes, ele acrescentava⋯, da França.
Às 12h30.
Como fazia todos os dias, Nori acabara de se sentar à mesa mais próxima da porta de entrada do restaurante *Les Vignes du Panthéon*, na rua Fossés-Saint-Jacques, a apenas 200 metros da praça onde se ergue o monumento que traz, em seu frontão, a famosa inscrição: "AOS GRANDES HOMENS, A PÁTRIA AGRADECIDA".
Mas ninguém celebrou a memória de Julien Nori. Então, escrevo estas linhas como uma reparação que lhe devemos.

O cume da montanha Sainte-Geneviève, em pleno Quartier Latin, representava, para Nori, o epicentro das paixões francesas.

A igreja de Notre-Dame, o rio Sena, as arenas de Lutécia, o muro de Filipe Augusto, a Sorbonne, a igreja Saint-Étienne-du-Mont, a torre Clóvis, o Panthéon e a antiga via romana que se tornou a rua Saint-Jacques delimitavam um círculo sagrado.

As relíquias de Santa Genoveva, que salvaram Paris das hordas de Átila, descansam dentro de uma urna de ouro na igreja Saint-Étienne-du-Mont. Voltaire, Victor Hugo, Jean Jaurès, Émile Zola, Jean Moulin e uma centena mais de heróis entraram para a eternidade republicana sob a cúpula do Panthéon.

Nori observava ter sido na base dessa montanha inspirada, desse local simbólico das histórias cristã e leiga da França, que foram construídos, no século XX, a Grande Mesquita e o Instituto do Mundo Árabe.

Com que intenção? Para integrar o universo muçulmano ao Círculo Sagrado da História e da Unidade nacionais? Caso tal enxerto não vingasse, percebia-se o risco que se assumia, introduzindo, na alma da nação, um princípio de dissolução, um elemento que talvez lhe permanecesse estranho?

Para Nori, essa era uma questão capital que ninguém ousava evocar. E a que ele próprio não queria responder.

Ele chegou ao restaurante por volta das 12h15, vindo da Sorbonne ou de casa, na rua Maître-

Os Fanáticos

Albert, uma viela próxima da praça Maubert e dos cais da beira do Sena.

Nori gostava do fato de o nome da sua rua evocar um dominicano que tivera entre seus alunos o futuro santo Tomás de Aquino, que, no final do século XII, a pedido do papa Alexandre IV, refutara os "erros árabes", sobretudo os de Averróis que, em Córdoba, publicara seus *Comentários* sobre a obra de Aristóteles.

As controvérsias entre as religiões pareciam indispensáveis a Nori. Eram melhor solução do que as guerras que nasciam do silêncio imposto por ortodoxias e censuras.

Nori se pretendia um homem das Luzes, laico e discípulo de Voltaire. Achava necessário afirmar tal filiação, constatando que o século XXI se anunciava como o século do retorno das Inquisições, das Bastilhas e das fogueiras.

Teria imaginado sua própria inclusão entre as primeiras vítimas da retomada dos fanatismos?

Acho que pressentiu isso.

Depois de lhe dar um tiro em pleno coração, o assassino o degolou e deixou sobre o corpo de Julien Nori um bilhete com dizeres que podem ser assim traduzidos:

"Ó Deus, conforta a situação de Tua Nação honrando quem Te obedece e aviltando os que Te desobedecem.

Conforta Tua Nação ordenando o Bem e expulsando o Mal.

Hoje, castigando o Infiel, degolando o Mal pela obra do Bem, eu Te escolhi, Deus Todo-Poderoso!"

A polícia, no entanto, não deduziu disso crime islâmico algum. Nenhuma fatwa havia sido decretada contra Julien Nori, nenhum grupo integrista nem terrorista reivindicou a sua morte. Não se podia, então, comparar aquele assassinato ao de Theo Van Gogh, o cineasta holandês degolado em Amsterdã, culpado de ter dirigido um filme que se julgou blasfematório ao Islã.

Em nossos tempos de tensões internacionais, em que multidões muçulmanas se eriçam em todo lugar por causa de alguma derrisória caricatura do Profeta, e em que algumas pessoas preveem um "choque das civilizações" catastrófico para a humanidade inteira, não se devia "botar lenha na fogueira".

Mais de cem vezes me repetiram essa frase! Exigiu-se discrição, evocou-se a hipótese de algum sórdido ajuste de contas disfarçado de assassinato político-religioso. Revelou-se aos jornalistas que Nori vivia com uma jovem prostituta russa, sem ter pago o preço aos seus "protetores". E não se perdoa uma coisa assim.

Era uma explicação tranquilizadora. Os jornais e a televisão adoraram. Confidências de mulheres de minissaia e com longas botas de couro, filmadas à luz embaciada do bulevar periférico, fizeram com que se esquecesse o cadáver degolado de Julien Nori.

Eu me senti dividido entre a repulsa e a dúvida. Depois disso, Zuba Khadjar, assistente de Nori — que tinha sido sua companheira e, em seguida, continuaram amigos - , me deu um texto de Julien.

Nori tinha pedido que me fosse entregue, caso ele próprio não pudesse cuidar da sua publicação. "A morte pega de surpresa quem está vivo", ele gostava de repetir.

Eu estava encarregado de tornar público o manuscrito.

Então, o li. Tive dúvidas quanto a levá-lo a um editor. Devia-se assumir o risco, mesmo que mínimo, de acrescentar um novo foco de tensão com fanáticos que não toleravam qualquer questionamento?

E era exatamente o que Julien Nori fazia com aquelas páginas.

Para que fazer o seu cadáver falar? Sua morte já não bastava?

A covardia é tentadora. O medo avança disfarçado de tão bons motivos!

Mas eu gostava de Julien Nori, que era meu amigo, e fanáticos o tinham assassinado.

As autoridades competentes, porém, querendo ser sensatas o ultrajavam, esperando, desse modo, "acalmar os ânimos". Era o mesmo que os diplomatas antigos diziam, se curvando aos nazistas.

Eu não podia aceitar semelhante vilania, tão humilhante e vã submissão.

Além disso, gostava da filha de Julien Nori, Claire.

E queria manter a estima de Zuba Khadjar.

Levei, então, o manuscrito a meu editor, que resolveu publicá-lo.

É o que se lerá a seguir, tal como foi escrito por Julien Nori nas semanas que precederam o seu assassinato por um (ou uma) fanático (a), no centro do Círculo Sagrado de Paris, e portanto, da França.

Primeira parte

1

Há alguns anos, eu era descrito como um homem feliz.

Max, amigo em quem confio plenamente e que invejava, dizia isso toda vez que almoçávamos a sós no *Vignes du Panthéon*, o restaurante da rua Fossés-Saint-Jacques de que sou cliente assíduo.

Assim que passávamos ao garçom os nossos pedidos, Max encaminhava a conversa para os desvios da minha vida particular. Eu respondia com prazer às suas perguntas curiosas. Contava da minha última conquista, descrevia as estratégias que me permitiam me afastar da namorada anterior, sem nem por isso romper, e iniciar uma nova aventura, estando ainda na fase de descoberta da mulher que acabava de seduzir.

Max ficava fascinado, e eu gostava dessa admiração e da ponta de inveja que ele demonstrava. Eu teorizava, enfeitava um pouco, provocava. Tinha a presunção de um adolescente espinhento após sua primeira conquista. Mesmo me sentindo ridículo, afirmava que me divorciar de Laura, minha terceira esposa, tinha marcado para mim a ruptura definitiva com a monogamia.

Decidira viver como um muçulmano, senhor do que eu denominava um "harém informal" e praticando uma "poligamia técnica".

E dizia estar contente com o fato de o islã, uma religião tão favorável aos homens, ter se tornado a segunda mais importante da França.

Acho que sustentei a mesma tese desnecessária e provocativa à minha filha Claire, quando me disse querer ir estudar na Inglaterra, esperando seguir os seminários de Oxford sobre a história do Oriente.

Na verdade, era a civilização árabe que a atraía.

Entusiasmado, concordei com a escolha e organizei um almoço para que ela pudesse encontrar Pierre Nagel, titular da cadeira "História do Oriente Médio", na Sorbonne.

Fiquei muito surpreso, naquele dia, com a erudição de Claire e a sua paixão. Sem que eu soubesse, ela tinha seguido, inclusive, um curso de língua árabe.

À tarde, Nagel me telefonou para dizer o quanto, a seu ver, Claire já dominava maravilhosamente bem os problemas da história muçulmana. Ele com certeza a recomendaria aos colegas — que também eram amigos seus — de Oxford. Prontificou-se para, em dois ou três anos, ser seu orientador de tese, se ela assim quisesse. Ficaria muito satisfeito com isso. E mais tarde, quem sabe, ela poderia ser uma das suas assistentes na Sorbonne ou no Instituto de Estudos Políticos, onde ele dava aulas para o doutorado.

— Nori, você é um pai feliz! — congratulou-me.

Feliz não era uma palavra que fazia parte do meu vocabulário.

Parecia-me piegas, vaga, sem evocar movimento algum, apontando apenas para o imobilismo beato.

Quando Max a utilizava se referindo a mim, eu preferia responder que tinha "organizado" corretamente a minha vida e me esforçava para ajustar as paixões, sem hesitar em vivê-las. Mas isso implicava renúncias e frustrações.

Eu não tinha o que hoje chamam "visibilidade", enquanto Max, sim.

Muitas vezes, no *Vignes du Panthéon*, a dona do restaurante ou os garçons o cumprimentavam, com olhares cheios de admiração, por tê-lo visto em algum debate com fulano ou sicrano, na televisão.

A mim, pelo contrário, mal davam atenção. Eu era um "invisível", um professor de história romana na Sorbonne, autor de alguns livros abarrotados demais de rodapés, e isso não dá a ninguém o direito de bancar o tal.

Quem sabe não tinha vontade, mais do que dizia, de ser também visível, esperando que transeuntes, um dia, falassem comigo na rua, como acontecia com Max: "Vimos o senhor, ontem. Parabéns!" etc.

Em ocasiões desse tipo, eu sorria tolamente, um pouco afastado, e, quando Max voltava a se aproximar, eu o cumprimentava pelo fato de ter se tornado uma referência, um interlocutor, acessível a milhares de pessoas anônimas para quem ele, sem dúvida, era importante.

O cretino ronronava, cheio de modéstia!

Em seguida, passava-me um braço por cima do ombro:

— Você é que está certo, Julien, pois sabe viver. Você é que é feliz!

Mesmo que o tenha sido, não sou mais; e provavelmente foi de forma voluntária que busquei o risco, o caos.

Já me aconteceu, às vezes, em autoestradas italianas, me dirigindo a canteiros arqueológicos em Basilicata ou na Sicília, imaginar, com excitante pavor, um acidente que me quebrasse a monotonia da viagem.

Naqueles momentos, para conseguir me arrancar do fascínio mórbido, eu precisava apelar para todos os meios da razão. Reduzia a velocidade, parava no acostamento, para depois seguir mais tranquilo.

Não foi esse o meu comportamento quando uma estudante morena, que eu já havia notado há algumas semanas, se aproximou do estrado da sala, no final de uma aula. Disse se chamar Zuba Khadjar e que era professora adjunta de história. "Cara colega", respondi com entusiasmo e alívio, pois ficava preocupado sempre que travava relação com alguma estudante que pudesse ser menor de idade.

Zuba Khadjar tinha como tema de tese o martírio de cristãos na África romana e gostaria de continuar esse estudo sob a minha orientação.

Já eram inúmeros os trabalhos sobre o assunto, mas eu não a desencorajei, pelo contrário!

Convidei-a para almoçar no *Vignes du Panthéon* e, disposto a me perder de corpo e alma num grande amor exclusivista, esqueci, na mesma hora, minhas teorias sobre o "harém informal" e a "poligamia técnica".

Zuba Khadjar falou-me, logo de início, de Claire. Tinha encontrado minha filha em Oxford, numa conferência dada por um pregador muçulmano de quem os Old Fellows de Oxbridge gostavam muito, pois era também diretor e principal acionista do World's Bank of Sun, e patrocinava edições eruditas, fazia doações às associações estudantis, assim como às bibliotecas de Oxford e de Cambridge. Como não achar que um homem desses, Malek Akhban, tinha eminentes qualidades? Historiador, banqueiro, filósofo, moderado, herdeiro do islã da Andaluzia, de Avicena e de Averróis etc.

Podia-se perceber um tom de crítica em Zuba Khadjar, que pareceu não querer ir além da ironia:

— Claire me deu a impressão de estar muito impressionada com esse mestre, um belo e velho emir — acrescentou, com um ligeiro sorriso.

Tinha começado, na Inglaterra, uma relação de amizade com Claire, sem esconder que se aproximara dela por ser minha filha.

Eu a interrompi. Estava ansioso para falar de mim mesmo. Era surpreendente tal desejo de expor minha vida pessoal. Vinha como um vento inesperado, pois há anos eu encobria das mulheres por quem estava interessado o que eu era ou de onde vinha. E isso porque sabia, desde o início, que me afastaria delas em poucas semanas — ou alguns dias, senão horas. A Zuba Khadjar, porém, contei que já correra por aquelas ruas da montanha Sainte-Geneviève, pelo Círculo Sagrado de Paris, da rua Gay-Lussac à praça Maubert, da rua Fossés-Saint-Jacques à rua Clóvis, com um paralelepípedo em cada mão: "Foi na primavera de 1968, bem antes que você viesse ao mundo, não é?"

Depois, dando-me bruscamente conta dessa distância entre nós, passei para um tempo longínquo, tão longínquo que apagava as dezenas de anos a nos separar. Passávamos a ter a mesma idade, evocando um certo Julius Nori, cidadão romano — que evidentemente não era meu antepassado, mas de quem tinha o nome e o sobrenome — de quem, por acaso, encontrei vestígios na Sicília, onde ele foi preso, julgado, condenado, torturado e decapitado por não querer renunciar — foi no reino de Marco Aurélio — à fé cristã.

— Julius Nori - disse eu — poderia ser um dos personagens da sua tese, pois tenho a impressão de que viveu na África, antes de voltar para a Sicília.

Uma cidadezinha nas vizinhanças de Siracusa, aliás, se chama Nori, e eu, com isso, revelei a ela minhas origens sicilianas.

Pela maneira como me olhou, vi que não a conquistaria apenas desdobrando a bela tapeçaria da minha fábula pessoal. Provavelmente, apenas me tornava mais ridículo.

* * *

Mudei, então, o mote, parando de usar a história romana como espelho para o meu narcisismo e procurei tecer considerações em voz alta, a partir do tal Julius Nori, sobre as razões do triunfo final do cristianismo, essa religião perseguida durante mais de três séculos e que o imperador Constantino, ao se converter, tornou a religião oficial — logo em seguida única — do Império.

Vi a expressão de Zuba Khadjar se transformar. Depois de várias vezes me interromper e questionar, passou a expor o que ela denominava suas próprias "hipóteses".

Não acreditava, como alguns historiadores do mundo romano imaginavam, que Constantino se convertera porque fora tocado pela graça ou iluminado pela fé. O imperador era um hábil político. Deve ter levado em consideração a força adquirida pela comunidade cristã, por aquela Igreja organizada, à qual seus seguidores se tinham obstinado a se manter fiéis, apesar de todas as perseguições.

— O seu Julius Nori e milhares como ele passaram pelo martírio durante três séculos, sem abjurar. Diante de uma fé tão indestrutível, mesmo os mais poderosos imperadores devem se inclinar. Como disse Sêneca: "Quem não teme a morte nunca será escravo" — e acrescento à frase que quem aceita o martírio se torna senhor dos que temem a morte. Os cristãos não temiam a morte. Hoje em dia, ela aterroriza tanto que ninguém mais se atreve a vê-la, a nomeá-la! Vocês escondem os seus mortos, os incineram para que não reste traço algum deles, apenas um pouco de cinzas; não querem nem mesmo imaginar os cadáveres em decomposição. São um império condenado, como foi o Império Romano, e condenado por uma religião nova, que conheço bem: é a minha, o islã. Seus fiéis aceitam o sacrifício. Os americanos, atualmente, descobrem isso todo dia, às próprias custas. Enviam legiões que não conseguem impor a sua ordem no Afeganistão nem no Iraque. Arrogam-se os herdeiros de Roma, e não hão de ter maior sucesso do que teve o emblema das águias romanas. Por mais que massacrem, no final serão vencidos, como aconteceu com o Império Romano. Diante do Império ocidental, o islã tem a mesma força que teve, naquela época, o cristianismo. A palavra do Profeta é ouvida por centenas de milhões, por mais de um bilhão de pobres. As organizações islâmicas os ajudam. Os imãs prometem o paraíso, e dezenas de milhares de jovens aspiram a se tornar camicases. No dia em que se sacrificarem em massa nas ruas, nos túneis do metrô, nos aeroportos do Ocidente, a desgraça descerá sobre o Império!

Eu estava fascinado. Nunca teria imaginado que aquela jovem sedutora e vestida com elegância, usando os cabelos soltos, com uma maquiagem escura em torno dos lábios e nas pálpebras, fosse capaz de exprimir com tanta convicção semelhantes argumentos.

— É o que você pensa? É o que deseja?

Ela balançou a cabeça, sorrindo.

Contentava-se apenas em prever as probabilidades, como historiadora, e a enunciação disso devia pôr de sobreaviso o império do Ocidente. Mas o que se pode fazer contra o inelutável? Como impedir a vitória de quem aspira ao martírio?

Eu tinha sido, ao que diziam, um homem feliz. Pessoalmente, preferia: um homem com a vida controlada, com suas paixões dominadas, alguém ponderado, buscando usufruir das pessoas e das coisas sem mais querer combatê-las. Achava que o tempo de me pavonear na arena já tinha passado e lamentava, no entanto, não ser aclamado. Ainda sonhava a respeito da "visibilidade".

Foi nesse primeiro almoço com Zuba Khadjar que percebi que minha vida ia mudar e se expor à tempestade, enfrentando o vento.

Por desejar aquele corpo jovem, que eu tocava de leve com meus joelhos, por querer de volta o ímpeto e o impulso juvenis, quis e esperei que aquela tempestade se erguesse.

Os Fanáticos

* * *

Laura, minha ex-mulher, com quem mantinha relações cordiais, me telefonou, alguns dias depois, pedindo que lhe emprestasse, por um mês, *A Romana*, minha casa em Séguret, um vilarejo perto de Vaison-la-Romaine. Queria passar uns dias com Claire, que pensava vir na companhia de amigos de Oxford. Talvez nossa filha recebesse a visita de um personagem que parecia excepcional, um tal Malek Akhban, que morava em Genebra, mas adorava a Provença. A região lhe lembrava as paisagens da Sicília e da Espanha, onde os muçulmanos outrora desenvolveram uma civilização requintada.

Conversei com Zuba Khadjar sobre essas referências a Malek Akhban. Ela pareceu se impressionar, ficando repentinamente séria, mas não respondeu quando perguntei se conhecia pessoalmente o pregador muçulmano. Encheu-se, porém, de ímpeto, demonstrando então toda uma personalidade imperiosa. Falou com autoridade, como se nossos papéis se invertessem. Era ela a ensinar e eu me tornava o estudante atento.

— Malek Akhban! — começou, erguendo os ombros. — No islã, porém, não são os indivíduos que têm o papel principal! O islã é a religião da fé coletiva, e não da fé individual. O que conta é a leitura do Corão e da tradição.

Ela olhou de viés Tariq, o garçom de origem marroquina que a tinha tratado de maneira um tanto desenvolta.

— O islã — continuou — não é como um cacho de uvas do qual se vai tirando uma a uma para comer, ou seja, integrando cada uma delas à sua civilização. O islã é um fruto inteiro que não pode ser partido nem dividido. Por isso, vocês vão precisar aceitar, no seu próprio território, as comunidades muçulmanas, sem conseguir seduzir e assimilar, um a um, os indivíduos que a compõem. Maomé disse aos muçulmanos: "Vocês formam a melhor das comunidades humanas. Ordenam o que convém. Condenam o que é censurável." Um muçulmano não é o mesmo que um imigrante polonês ou siciliano. É um membro indissociável de uma comunidade convencida de que deve, um dia, estando mais forte, conquistar e converter os infiéis: vocês! "Todos, sem exceção, serão lançados ao fogo do inferno onde, imortais, hão de permanecer..." E o Profeta acrescentou, para os crentes vivendo em território infiel: "Não invoquem a paz quando estiverem em superioridade." E eles estão em superioridade, já que aceitam morrer pela fé! O islã vai conquistar o Império do Ocidente, como o cristianismo conquistou, em outra época, o Império Romano.

* * *

Os Fanáticos

Foi essa a minha primeira aula com Zuba Khadjar, o início da minha relação com ela, da nossa paixão em comum pela História, do amor que lhe dediquei, da estima e da amizade que ganhei em troca, junto com o corpo que ela me oferecia, me fazendo crer que possuía ainda o vigor de um invencível gladiador.

A partir desse encontro, porém, senti nascer em mim uma recusa a me resignar àquilo que Zuba Khadjar, com sua voz rouca, anunciava como inelutável. Uma resistência vinda do fundo da memória, de um ponto em que a minha avó, vestida de negro, diariamente semeava, naquele tempo, os fermentos das suas orações.

Ela se ajoelhava ao meu lado, no quartinho apertado que compartilhávamos:

"Pai nosso, que estais no céu... Virgem Maria, Mãe de Deus..."

Não lembro mais exatamente em que língua ela recitava essas palavras que me fazia repetir: se era em siciliano, em italiano ou naquele estranho francês estropiado que ela falava.

Mas a melopeia dessa fé cristã tinha se inserido em mim como identidade mascarada que, diante do futuro descrito por Zuba Khadjar, reaparecia como os recifes que fecham o horizonte, na hora da maré vazante.

* * *

Li o Corão. Não era o *meu* Livro e achei que o cristianismo, diante daquele elogio da força, da união entre a fé e a política, do aprisionamento de cada ato da vida dentro de uma tradução intangível, era a religião da liberdade individual, uma afirmação do livre-arbítrio.

Identifiquei-me com uma meditação de Bernard de Clairvaux, São Bernardo: "Suprima-se o livre-arbítrio e nada resta a salvar; suprima-se a Graça e não há de onde vir a salvação."

Eu era cristão.

Se não ousei falar disso a Zuba Khadjar, não foi por hipocrisia e nem por medo de perdê-la, mas por ter sido grande o meu espanto, descobrindo tal enraizamento, a ponto de duvidar da sua realidade.

Além disso, havia aqueles *born again* (renascidos) que, nos Estados Unidos, brandiam o santo gládio da vingança, após os atentados contra as torres gêmeas de Nova York.

Eu me dava conta de estar envolvido em uma nova Cruzada. E, no entanto, depois de ler o historiador americano Huntington, vi muito bem se esboçar o tal "choque das civilizações" que ele anunciava.

Por que teríamos que aceitar passivamente estar no campo dos vencidos?

* * *

Os atentados e as guerras se multiplicavam.

Não houve dia em que eu não discutisse, não polemizasse com Zuba Khadjar e que, com uma angústia irracional mas invasiva, não tentasse me comunicar com Claire. Minha filha, porém, só me respondia com palavras secas, cortantes como cutelos.

Eu tinha necessidade de ouvir uma voz tranquilizadora.

Procurei Pierre Nagel, que se mostrou calmo, irônico, afastando as previsões de Zuba Khadjar e meus temores, com sorridentes negações.

O islamismo, disse ele, com uma segurança de erudito, de especialista, não resistiria ao crescimento da globalização mercantil — e aos costumes que isso engendrava — como, antigamente, a Inquisição não resistiu às descobertas e ao progresso. Já de início, porque a civilização ocidental traz em si a revolução da sexualidade, o controle da natalidade e, com isso, a liberdade da mulher e de seu desejo, com a busca do prazer sem entraves, cada vez maior. Ou seja, era o triunfo da individualidade.

Bastava esperar que a pílula anticoncepcional — mas talvez também a Aids — produzissem seus efeitos nas sociedades muçulmanas, se instalassem nas camadas médias, e o islamismo logo se tornaria um integrismo enrugado, igual ao de todas as outras religiões.

Restavam, certamente, algumas "tribos indígenas" que deveriam ser vigiadas e mantidas em suas reservas, mas os apaches tinham sido consumidos pelo uísque e os mulás o seriam pela ânsia de prazer das novas gerações.

Nagel admitiu haver uma passagem um tanto perigosa a ser atravessada. Estávamos no meio dessa travessia. Devia-se, por enquanto, evitar humilhar os muçulmanos, não forçar o curso das coisas. O movimento natural das sociedades produziria seus efeitos na península arábica, como tinha produzido por toda a Europa — e a Espanha integrista do Opus Dei tinha se tornado a terra da *movida*, o país de Almodóvar!

Devia-se, sobretudo, evitar qualquer agressão àquelas nações em marcha para a autodestruição! Devia-se respeitar — dentro das formas, é claro — a Casa do Islã, *Dar al Islam*, admitir que um país ou outro desse regime atropelasse os direitos humanos, cortasse a cabeça de católicos, proibisse a construção de igrejas.

E aqui, na Casa do Armistício — *Dar al Suhl* —, devíamos nos mostrar favoráveis à multiplicação das mesquitas e condenar qualquer insulto ao islã, quer dizer, qualquer crítica a essa fé! E a seu Livro. E não fazer pouco e nem sequer representar o Profeta.

Devia-se esquecer Voltaire, se descalçar e jejuar!

Os Fanáticos

Evitar que crescesse a Casa da Guerra — *Dar al Harb* — e apostar nos hipermercados, na Internet, nos DVDs e no cinema pornográfico para erodir o islamismo. Era melhor do que os apelos à Cruzada de George Bush e à intervenção das suas legiões!

Nagel insistiu que seria pelo individualismo, pelo consumo de mercadorias e pelo prazer que se abririam — e depois se dissolveriam — as comunidades mais rigoristas.

— As mulheres vão começar a abandonar o véu para usar fulares Chanel — disse. — Em seguida, vão mostrar os cabelos, o umbigo, a calcinha fio dental, e será o triunfo da democracia! O Ocidente, então, terá vencido. Somente em Lurdes a gente vê padres de batina e freiras de touca!

Ouvi Pierre Nagel, sem me deixar convencer.

Quando lhe confessei minhas reticências, ele pôs em questão o que chamou meu "cérebro réptil de católico primitivo", educado por uma camponesa siciliana com crenças medievais.

Calei-me. Repeti para mim mesmo que não se escapa da derrota sem combate. Imaginei islamitas possuindo a arma atômica. Ouvia os seus discursos ameaçadores. Ninguém quis acreditar, nos anos 30 do século XX, que o *Mein Kampf* era realmente o programa político de Hitler. Por que, então, o presidente do Irã, ao anunciar que gostaria de riscar

Israel do mapa, não estaria também enunciando, com toda convicção, o seu projeto?

Mas uma antiga impregnação marxista — a mesma que tinha encoberto, em mim, o recife cristão — me incentivava a reconhecer essa força das coisas que tudo arrasta, transformando certezas, crenças e criações em mercadorias.

Muitas vezes, dessa maneira, eu esquecia que nem só de pão vive o homem.

Foi quando recebi A carta da minha filha

11

Coloquei na minha frente a carta que Claire me havia enviado.

Ainda fiquei tentado a repetir os gestos da minha avó, a siciliana de pele escura que, com o mindinho e o indicador da mão esquerda erguidos, conjurava a desgraça, expulsava o demônio, antes de recitar o *Pai-Nosso*, se benzendo.

Com as duas palmas das mãos abertas, escondi o envelope.

Batendo no peito, minha avó dizia que trazemos a desgraça em nós, às vezes desde o nascimento, e que ela é como um rato a nos roer. Sabemos que está ali, mas não nos atrevemos a procurá-la, a dar-lhe um nome, a desentocá-la. E então a deixamos de lado, esperando que se extinga, satisfeita, mas ela é insaciável; um dia nos dilacera as entranhas e surge - -- e não podemos mais ignorá-la ou dar cabo dela.

Fechei os olhos para não ver mais a carta de Claire.

Minha avó já estava morta quando minha filha veio ao mundo, e Claire também não conheceu meus pais, desaparecidos pouco depois. Quanto à mãe, Laura, ela havia rompido toda ligação com a própria família, se tornando uma mulher sozinha, uma órfã, em certo sentido.

Desse modo, Claire nunca viu uma avó supersticiosa e beata se ajoelhar. Nunca ouviu uma voz fervorosa rezar nem contar sua infância rural numa aldeia do sul.

Não chegou a ter medo, só de escutar a velha camponesa siciliana, que não falava corretamente língua alguma, descrever as rubras explosões do Etna.

Eu ainda não tinha aberto o envelope enviado por Claire e trazido pelo correio.

Reconhecia meu erro com relação a ela. Eu a deixara sem raízes. Nada lhe havia transmitido. Após o divórcio com Laura, no entanto, ficou morando comigo. Amei-a como filha, mas sem lhe dar o mais necessário: a minha presença, minha atenção, meu tempo, minha lembrança. Limitei-me a enchê-la de presentes, tentando compensar o que lhe negava.

Os Fanáticos

Era a época em que eu galgava de quatro em quatro os degraus da minha vida: tese, artigos, livros, a vida de professor universitário, a preparação do concurso para a titularidade etc.

E havia as namoradas, jovens mulheres colhidas em cada um desses degraus.

Usava Claire, ainda menina, como um instrumento a mais de sedução. Chegava a ser comovente — não é? — um pai vivendo sozinho com a filha! Todas queriam vir brincar de casinha com eles, sonhavam se tornar a companheira daquele homem tão dedicado à filha!

Eu interpretava bem esse papel.

Uma namorada substituía outra. Nem me lembro mais de seus nomes e menos ainda de seus corpos. Com exceção, talvez, de uma jovem estudante loura, cuja conquista me deixou um tanto extasiado e de quem muitas vezes falei com Claire, como se ela fosse uma confidente amiga e não a minha filha sem vínculos nem raízes. No final, ela chegou a exclamar: "Não me enche com isso!", e acho, inclusive, que acrescentou "que idiota!".

Caindo em mim, fingi não ter entendido e, até aquela carta de Claire, eu conseguira, de fato, esquecer todo o desprezo que se embutia naquelas duas palavras.

* * *

Senti, no entanto, a mordida da desgraça. Mas achei que podia controlar isto ao contratar alguém para cuidar de Claire. Vinha recomendada por Pierre Nagel.

Unissa Rezzane era uma tunisiana de cerca de 40 anos, com o corpo já pesado, uns olhos ternos e os cabelos envoltos num pequeno fular negro que me lembrava os que a minha avó usava.

Se as palavras bondade, generosidade, dedicação e honestidade tivessem um rosto, seria o rosto de Unissa Rezzane.

Percebi, observando a maneira como Claire a seguia e falava com ela, que os dois seres se gostavam, não como mãe e filha, naquela simbiose tantas vezes ambígua que pode ligar uma à outra, mas com uma afeição feita de estima, respeito e cuidados mútuos.

Já nos primeiros dias me senti excluído, descobrindo não ter conseguido construir com Claire uma relação dessa natureza.

Depois virei minha atenção para outro lado. De novo saltei os degraus às pressas, indo de colóquio em colóquio, de Nápoles a Bucareste e de Friburg a Oxford.

Sempre há, nessas reuniões eruditas, jovens universitárias desacompanhadas, dentre as quais uma, pelo menos, é mais atraente. E eu tentava consegui-la desde a primeira sessão.

Os Fanáticos

É o que fazia Max e Pierre Nagel, por exemplo, dizerem que eu era um homem feliz.

Eu era, sobretudo, um homem em fuga.

Voltando de um desses colóquios que se passara em Roma, não encontrei no apartamento da rua Maître-Albert nem Claire nem Unissa.

Fiquei muito preocupado e telefonei para a casa da tunisiana. Ela se desculpou, me tranquilizando: Claire estava com ela, na rua Tournefort.

Por que resolvi ir até lá? Para deparar com uma moradia de um só cômodo, de cerca de 20 metros quadrados, onde, num chão brilhando de tão limpo, cinco colchões se equilibravam de lado, encostados nas paredes?

O marido de Unissa era um homem magro, com uma tosse seca e as faces corroídas por uma barba grisalha:

— Trabalhei muito, respirando sujeira, poeira de mármore e de amianto — explicou, com a voz entrecortada.

Claire estava sentada no chão, brincando com as duas filhas do casal. O irmão, Khaled, lia num dos cantos do quarto.

Tive vergonha.

Era como se voltasse a ver meus avós, pouco depois de chegarem a Marselha e — minha avó muitas vezes me contou isso — moravam num porão iluminado apenas por um respiradouro e as pessoas do prédio os discriminavam genericamente como "os árabes".

Quando avisei a Claire que tínhamos que voltar para casa, na rua Maître-Albert, ela se levantou, mas sem me dar a mão. Beijou Unissa, as crianças e o pai de rosto emaciado.

Em seguida, sem responder às minhas perguntas, atravessamos a praça do Panthéon e pegamos a rua Valette, que desce em direção à praça Maubert.

Seguimos em silêncio e distantes.

Eu não queria investigar em minhas profundezas, pois evitava encontrar o grão da infelicidade que ali brotava. Anos mais tarde, porém, foi preciso abrir a carta de Claire.

III

"Sou aquela a quem Deus escolheu para lhe falar do Seu desprezo e do meu ódio."

A primeira frase me bastou.
    Os olhos percorreram as páginas cobertas por uma escrita cortante, em linhas apertadas, e que tinham o zumbido de um enxame de vespas.

Fiquei tentado a não seguir adiante, me contentar com uma palavra ou outra lida aleatoriamente, mas cada vez que o olhar decifrava uma delas, era como uma pedra aguçada, lançada com raiva para ferir, dilacerar, destroçar a alma.

Mas, é claro, eu precisava ler, precisava saber.

Retomei a leitura.

"Sou aquela a quem Deus escolheu para lhe falar do Seu desprezo e do meu ódio.
Joguei fora os trapos com que me vestiu.

Não me chamo mais Claire Nori, mas Aisha Akhban, e estou feliz como a quarta esposa de Malek Akhban."

Soquei tão forte a mesa que urrei de dor. Dois dedos ficaram dobrados; com certeza, tinha fraturado as falanges.

Fiquei de pé, andei pela sala com passos largos.

O que eu havia lançado como um bumerangue, para que voltasse daquela maneira, me atingindo em pleno rosto?

Blasfemei, xinguei, lancei maldições. Enfiei a cabeça e a mão dolorida debaixo de uma torneira de água fria. Depois, bruscamente, como se tivesse me esvaziado da raiva e do meu próprio sangue, senti-me inerte diante da carta, segurando a cabeça entre as duas mãos, e aceitei ser lapidado, pois certamente tinha culpa.

Se tivesse dado a Claire tudo que ela estava no direito de esperar de mim, tudo que era minha obrigação dar, ela não teria se tornado Aisha, a quarta esposa de Malek Akhban.

Formular isso significava receber uma nova saraivada de pedras.

Mas o suplício apenas começava.

Era preciso continuar a leitura.

Os Fanáticos

"*Não faço mais parte desse mundo pervertido, corrompido, depravado, sem fé, do qual você tanto se orgulha em fazer parte.*

Vejo como realmente são a sua democracia ateniense, o seu Império Romano, o seu cristianismo, filho bastardo do judaísmo, e a sua civilização do Ocidente, que tanto o envaidecem.

Eles encarnam a opressão.

Esmagaram, roubaram, massacraram todos que resistiram, que recusaram ser seus joguetes, ser servos e escravos dos seus vícios.

Não é só do passado que estou falando, e sim do mundo de hoje, tal como se apresenta.

Você está do lado da Cruzada.

E quis que eu fizesse o mesmo, me pusesse a serviço de semelhante civilização, essa do genocídio que ousa falar de antissemitismo muçulmano!

Quis que eu seguisse as suas pegadas, me tornasse uma historiadora complacente, tecendo a nobre lenda de um mundo que só se desenvolveu porque pilhou, levou a peste aos povos e ocupou as suas terras.

Mas o islã não pode ser vencido!

'Pois o Senhor ordenou o jihad, a guerra contra os infiéis de nascença, assim como contra os apóstatas e os hipócritas.'

Como você deve ter compreendido: Alá é o meu Deus, e Maomé, o seu Profeta."

* * *

Seria possível que fosse de minha filha essa voz exaltada?

Por que teria se precipitado em tal abismo de fanatismo, tal forma de loucura, junto com a traição das suas origens? Seria alguma espécie de negação de si mesma, de suicídio, mais exatamente?

Massageei a mão que tinha todo o seu lado direito inchado. A dor subia até o ombro, abrangendo, inclusive, o peito, chegando a parecer dar agulhadas no coração.

Eram as entranhas do meu passado que Claire expunha na mesa e examinava como uma adivinha, revirando as vísceras de um animal sacrificado.

"Sua maneira de viver me humilhou e feriu, continuava a carta.

Sua casa era uma praça pública frequentada por mulheres a quem me apresentava, me obrigava a beijar e depois abraçava pela cintura, fazia carícias na minha frente e levava para o seu quarto.

Eu os ouvia rir e dar gritinhos, e tapava meus ouvidos. Depois, você ainda vinha com perguntas sobre o que eu achara dessa ou daquela.

Você me conspurcava.

Essa a vida que me propôs. Minha mãe, por sua vez, nas raras vezes em que a vi, só me falava da própria solidão.

Estaria eu fadada a viver assim?"

* * *

"Felizmente, Deus me estendeu a mão de uma muçulmana piedosa. Lembre-se de Unissa Rezzane.

Foi você que a escolheu, pois Deus é também o Senhor dos infiéis, dos que não creem, e Ele os usa como bem entende, pois quer e prepara desse modo a sua derrota.

Unissa nunca procurou me converter, mas descobri com ela o que é uma vida humilde e correta, e me senti atraída por uma civilização da qual você nunca tinha falado, senão para zombar.

Muitas vezes, com algum dos seus amigos, eu o ouvi descrevê-la como aquela em que os homens são donos de um harém, polígamos felizes.

Falava de algo que não compreende e desconhece, pois é filho de uma civilização hipócrita que rejeita as mulheres depois de usá-las, enganá-las, traí-las!"

"À primeira vez que fui àquela casa de um cômodo único em que vivia Unissa, na rua Tournefort, compreendi o que é uma família. As filhas e o filho de Unissa se tornaram minhas irmãs e meu irmão. E chorei quando o esposo de Unissa foi chamado ao paraíso.

Ao ser acolhida por Malek Akhban em sua família, como a sua mais jovem esposa, ele aceitou receber em sua casa, ao mesmo tempo, Unissa e os seus filhos.

Concede a eles uma parte justa dos seus bens, para que possam viver e estudar.

O que você propriamente fez, ao ver como vivia a família de Unissa Rezzane?

Saiu às pressas, me carregando.

Exigiu que Unissa não mais me recebesse em sua casa.

De que tinha medo? Por trás do seu grande palavreado, quis que eu ignorasse que a civilização ocidental nada é senão a Grande Opressão? Que sempre massacrou, humilhou, ultrajou, espoliou?

Onde se encontra Auschwitz: em terra muçulmana ou cristã?

Em qual rio foram lançados dezenas de muçulmanos que se recusaram ser isolados e subjugados?

Foram afogados no Sena, e tantas vezes você me levou às margens desse rio, contando a história do que dizia ser o 'Círculo Sagrado de Paris'.

Na região ao redor da cidade, onde me levou para visitar os castelos, os muçulmanos estão isolados em guetos, sem sequer haver um local decente onde rezar para o nosso Deus!

É esta a sua França, é este o seu mundo!

Repetem as palavras Liberdade, Igualdade e Fraternidade que são como a baba a escorrer dos seus lábios e esconder-lhes os dentes. Mas vocês nada compartilham, ignoram o que seja a caridade, o dom. O egoísmo é a sua lei, a única regra do seu mundo, a mesma que você defende em nome da liberdade individual, dos direitos humanos, a mesma que querem

impor ao mundo inteiro, pois é a maneira que têm de gozar livremente de tudo e de todos.
Vocês não passam de predadores.
Têm as barrigas cheias, mas suas igrejas estão vazias!"

Havia ainda uma última página.

Reli-a mais tarde, depois de ter visto as imagens das centenas de carros incendiados por baderneiros e ter sabido que tinham posto fogo em escolas, em ginásios, assim como num ônibus com cerca de 50 passageiros que conseguiram fugir. A turba lançou ainda um último trapo embebido de gasolina, queimando o corpo de uma deficiente que ficara presa no veículo.

E ouviam-se, naqueles bairros, os gritos "Alá Akhbar!".

Telefonei a Pierre Nagel. Esperava poder falar sobre Claire, sobre Malek Akhban, mas ele queria, antes de mais nada, comentar os "incidentes" — como chamava — dos subúrbios.

O islã, em sua opinião, tinha apenas um papel secundário naquilo tudo.

O desemprego, a miséria, o reflexo midiático e a repercussão gerada, a brutalidade da polícia, os excessos verbais do ministro da Justiça explicavam as violências. Não se devia exagerá-las.

Eram recorrentes em períodos históricos de transição.

No século XIX, a França passara por lutas de classes bem mais perigosas. Basta recordar os dias de junho de 1848, ou a Comuna, com o Sena correndo vermelho de sangue dos insurretos de maio de 1871!

O islã não era o responsável pelo ocorrido. A miséria, a desigualdade, a exclusão, a precariedade, o espetáculo da corrupção e da incapacidade das elites eram as verdadeiras causas.

De fato, os operários, os pobres, os desempregados eram muito frequentemente de origem muçulmana, mas a religião não era o propulsor daqueles choques.

— E as guerras de escravos em Roma? — continuou Nagel, levando a comparação para a minha especialidade. Espártaco não leu o Corão, não é mesmo?

Desliguei o telefone.

"Deus me salvou da civilização do Mal", escrevera Claire.

Não conseguia me acostumar a chamá-la Aisha.

"Por mim mesma, quis que soubesse disso, para que se dê conta da minha determinação e das suas fraqueza

e impotência, que são as da civilização que você defende.

Ela está morrendo porque não tem mais fé.

E porque o nosso Deus é o Deus do mundo.

Sou-Lhe grata por ter me admitido na Comunidade dos que creem.

Diariamente rezo a Ele:

'Ó Deus, conforta a situação de Tua Nação honrando quem Te obedece e aviltando os que desobedecem.

'Conforta Tua Nação ordenando o Bem e expulsando o Mal.

'Eu rezo e saúdo Teu adorador e mensageiro, Maomé, sua família e seus companheiros.

'E minha última oração será: Louvor a Deus, Senhor dos Mundos!'"

IV

De início, capitulei diante daquele Deus e do seu Profeta.

Inclinei a cabeça, aceitei minha derrota.

Pela primeira vez, compreendi o que deviam sentir os vencidos, cujo comportamento sempre me espantara. Escravos, prisioneiros, gladiadores, os que inclinavam a nuca, ofereciam a garganta, esperavam passivamente a morte.

Senti-me como eles.

Fiquei prostrado, com o peito dilacerado por acessos de uma tosse seca que me obrigava a me encolher, curvando as costas como um animal doente que se contorce em seu canto, se escondendo envergonhado da própria fraqueza e abatimento.

Durante vários dias não atendi ao telefone. Não dei minhas aulas.

Não abri a porta para Zuba Khadjar. O que dizer a ela? Que Claire se tornara Aisha e fingir que isso não me afetava? Ou, simplesmente, que ela se juntara à religião vencedora do século XXI? Não era essa, aliás, a visão que ela, Zuba Khadjar, tinha do islã?

Precisei, no entanto, sair desse retiro, pois visivelmente o estado da minha mão piorava e a inchação ganhara todo o antebraço.

Fui à clínica da rua Geoffroy-Saint-Hilaire e vi, a poucas centenas de metros, do mesmo lado da rua, o muro com ameias e o minarete da Grande Mesquita.

Ali estava ela, de pé desde os anos 1920, época em que, em nenhum país muçulmano, o culto cristão era aceito nem praticado. Mesmo que a Constituição propriamente não o proibisse, agressões e assassinatos tornavam sua prática perigosa. Sem contar os regimes em que a posse de uma Bíblia, dos Evangelhos ou de um crucifixo significavam morte. No entanto, escrevera Claire, éramos "nós", como ela acreditava, que estávamos em Cruzada, como soldados da Grande Opressão, os predadores!

E a Grande Mesquita foi construída no centro do Círculo Sagrado de Paris, entre as nossas igrejas Notre-Dame e Saint-Étienne-du-Mont, não distante de Saint-Nicolas-du-Chardonnet.

Os Fanáticos

Lendo Claire, entretanto, partiam de nós as perseguições.

Meu desespero ganhou nuanças de amargura.

Vi passarem mulheres jovens — estudantes, talvez — com véus. E minha dor se aguçou, de forma insuportável.

Era como Claire, minha própria filha, deveria estar andando pelas ruas de Genebra, orgulhosa e feliz com sua nova identidade, Aisha Akhban.

A radiografia mostrou três pequenas fraturas, com uma localização que surpreendeu o ortopedista. Algo como se me tivessem esmagado a mão com uma martelada, observou ele.

Olhou para mim, irônico, por eu ter dito que caíra e me apoiara na mão direita, que se tinha então dobrado daquela maneira infeliz.

Balançou os ombros, acrescentando que, às vezes, boxeadores socam forte demais o adversário, a ponto de quebrarem alguns ossos da mão. E aquelas articulações são as que tornam a palma e os dedos um instrumento tão complexo e eficaz.

Avisou que eu ficaria vários meses debilitado, com os dedos afastados e um pouco curvados, sem haver como simplesmente repor no lugar os ossos fraturados. Devia-se deixar que se consolidassem naturalmente. Talvez a mão ficasse um pouco endurecida, com os dedos menos ágeis, mas o incômodo não seria enorme.

— O resultado é o mesmo, para quem bate ou apanha. Deve-se deixar agir o tempo. É melhor do que tentar alguma cirurgia.

O diagnóstico servia para todo o meu ser, quebrado como a minha mão. Claire batera em mim, como eu havia batido nela.

O médico prescreveu anti-inflamatórios, mas eu estava decidido a não seguir o tratamento.

Merecia sofrer. Ou até mesmo morrer.

Mas ninguém morre por fratura do metacarpo direito e das falanges.

Sobrevivi, então, relendo várias vezes por dia a carta de Claire, deixada aberta na gaveta da escrivaninha. Bastava um gesto discreto com a mão esquerda para olhar as páginas e ler algumas frases, mesmo que Zuba Khadjar estivesse sentada à minha frente, sem saber por qual motivo eu mantinha a cabeça abaixada, surpresa com a minha morosidade e me recriminando pela falta de cuidado com a mão, cuja aparência a preocupava.

Uma noite, respondi que, à minha maneira, estava recebendo o castigo islâmico. Queria que me cortassem fora o punho e também o pé esquerdo. Como não se pratica esse tipo de mutilação cruzada em nossos países permissivos e corrompidos, estava deixando a mão apodrecer, mas sem a menor possibilidade de atingir o objetivo: em nossa civilização decadente — não é? — não se torturam, não se lapidam os culpados. Em vez disso, curam-nos.

Ela estranhou a maneira como isso foi dito, com tanta ênfase e ironia amarga. E, de repente, sem por quê, comecei a falar de Claire, não a respeito da carta, mas da sua infância, da maneira como eu tinha protelado, durante meses, a data do seu batizado. Opunha-me nisso a Laura, alegando que se devia deixar que as pessoas, já adultas, escolhessem a própria fé, sem lhes impor a religião familiar desde que nascem e atropelando o livre-arbítrio.

Mas tinha, afinal, cedido e assisti, mesmo resmungando, à cerimônia, como um voltairiano a fazer pouco das religiões, livre-pensador que oscilava entre o ateísmo e o agnosticismo.

A esse batismo, bem às pressas, se limitara toda a educação religiosa de Claire.

Eu não quis, não fui capaz de lhe transmitir a fé das minhas origens, que eu achava ter esquecido ou até mesmo renegado.

Quando de novo ouvi o murmúrio das orações da minha avó, Claire já não vivia mais comigo, mas em Oxford.

Em um dos nossos breves encontros em Paris, quando me disse que publicaria um primeiro artigo na *Revista de Estudos Islâmicos*, ri satisfeito, dizendo que ela devia, inclusive, para compreender a partir de dentro a civilização muçulmana, se converter ao islã! Afinal de contas, Bonaparte pensara em se declarar maometano, durante a campanha do Egito. Ele já tinha se proclamado católico durante a guerra da Itália, por que não muçulmano no Cairo?

Afirmei admirar essa liberdade de espírito, nascida no Século das Luzes.

Claire me fulminou com um olhar de desprezo:

— Você não acredita em nada. Por que, então, vive?

— Por curiosidade, para aproveitar o espetáculo das coisas e dos seres — respondi, satisfeito comigo.

Lembro da expressão de nojo de Claire, como se eu estivesse dizendo alguma obscenidade, quando lhe perguntei em que acreditava.

Respondeu apenas que ia embora. Levantou-se e disse, já se afastando, que me explicaria um dia, quando fosse o momento certo.

A carta — sua resposta — estava ali, na gaveta entreaberta da escrivaninha. E minha culpa era tão

Os Fanáticos

pesada, a dor tão grande que eu só podia concordar com o seu requisitório.

Então eu era, nós éramos hipócritas e predadores, torturando muçulmanos em prisões secretas e caricaturando o seu Profeta. Sequer tendo coragem de confessar que achamos as nossas religiões, judaica ou cristã, as únicas justas e verdadeiras, e que o islã, a nosso ver, não passa de um discurso organizado da barbárie e dos instintos.

Eu era, nós éramos egoístas.

Corremos para prestar assistência às vítimas dos tsunamis, na Indonésia e na Malásia, porque as ondas destruíram hotéis de luxo, e correligionários e compatriotas nossos foram arrastados pelo maremoto, com outros sepultados sob os destroços.

Como fomos generosos — com os nossos!

Enquanto isso, um número 10, 20, 100 vezes maior de vítimas muçulmanas agonizou em Caxemira, após um terremoto, e morreu de fome e de frio, sem cuidados médicos. Nós apenas desviamos o olhar. Não organizamos, em casos desse tipo, nenhuma maratona televisiva que tanto nos comove e nos arranca lágrimas e dinheiro.

Os muçulmanos de Caxemira podiam morrer, e foram os islamitas que os socorreram. Aqueles mesmos que fazem apelo ao jihad contra nós, ajudam os talibãs, perpetram atentados, formam fanáticos em escolas corânicas.

Eu queria tanto compreender e não me chocar com Claire, que acabei justificando a ação de terroristas.

Três mil mortos em Nova York? E mais de 100 mil no Iraque! A fabricação de bombas atômicas no Irã? E quantas ogivas nucleares nos arsenais de Israel e da Índia? Quantas mais em casamatas dos Estados Unidos, da Rússia, da França, da China e da Grã-Bretanha?

E quem se preocupa com o Paquistão? É um país inocente? Inofensivo, já que é um cão pastor dos Estados Unidos?

Eu absolvia Claire! Não estava do lado da mentira, da hipocrisia e da força. Estava com os que aspiram à mudança da ordem do mundo.

Às vezes, fechava a gaveta com uma pancada seca.

Sabia perfeitamente que estava errado.

Reina a desigualdade entre o Ocidente e o Oriente, entre o Norte e o Sul, mas ela é ainda pior nos Estados islâmicos opressores, torturadores, totalitários.

Mesmo desamparado, desesperado, mesmo sendo de minha filha que se tratava e mesmo me sentindo culpado, como poderia aceitar uma tal cegueira de sua parte?

Os Fanáticos

Claire era adepta de uma religião que tornara o fanatismo o seu veículo e a sua força. Tinha que impedir que mergulhasse em semelhante regressão.

Era esposa de Malek Akhban, mas qual validade tinha o casamento, sendo polígamo aquele marido sexagenário?

Não podia me deixar levar também para o fundo. Ela se afogava? Devia me afogar junto ou tentar salvá-la?

V

não parei, então, de pensar em Claire.

Tinha retomado minhas aulas, mas bastava ver o rosto de alguma estudante sentada na primeira fileira, naquele anfiteatro pequeno demais e superaquecido, para que a lembrança de minha filha me cobrisse como um véu negro.

Era obrigado a interromper o que dizia. Precisava de vários segundos para recuperar a frase perdida e voltar a falar, mas sem convicção, hesitante.

Tudo passou a me irritar. Exigia explicações dos estudantes, reclamava da falta de atenção. Eles protestavam. Certo dia, mandei que todos se retirassem da sala. Um deles exclamou: "Racista!"

De fato, só então percebi ter tomado como alvo alguns magrebinos sentados em volta de uma jovem usando véu.

Formou-se rapidamente um tumulto. De certa maneira, a violência armada, os rostos agressivos, o empurra-empurra em torno do meu estrado me tranquilizavam.

Tomei uma atitude. Larguei o comodismo com que tinha me adaptado ao desespero. Estava mergulhado na aprovação masoquista da conversão de Claire. Deixei de lado a culpa grandiloquente, aquela lamentável compunção.

Enfrentei-os, injusto, desafiando o pequeno grupo que esbravejava me acusando, e exclamei: "Robert de Sorbon não era muçulmano. Isto aqui ainda é uma universidade francesa e eu ensino como bem entender. Se quiserem, lancem então uma fatwa contra mim!"

O diretor da universidade me convocou, preocupado com meu estado de saúde, condenando minhas provocações.

— Você, Nori, um humanista, um homem da tradição das Luzes, um historiador. É uma disciplina que induz à lucidez, ao comedimento... o que está acontecendo?

Perguntou se eu não estava procurando um incidente, um escândalo, em busca de notoriedade. Não deixaria que se destruísse o equilíbrio precário que se mantinha no seio da instituição.

— O que está querendo, Nori? Pôr fogo também na Sorbonne? Já não bastam os subúrbios? Com que está sonhando? Com a Comuna? Com Paris em chamas? Com 30 mil fuzilados? Afaste-se

um pouco, vá lecionar no exterior por algum tempo...
Não pude senão repetir, com a voz embargada:
— Claro, eu entendo... Tudo vai ficar bem.

Atravessei de novo o pátio da Sorbonne, com passos lentos.
Eu me lembrava dos cartazes, das bandeiras vermelhas e negras cobrindo as paredes da biblioteca, a fachada da igreja, as estátuas.
Ali mesmo, em maio de 1968, eu tomara a palavra várias vezes. Brincava-se de revolução. Era a tradição nacional, europeia, ocidental. Citava-se Trotski e acabava-se chegando a Stalin. Mesmo quando alguns de nós brandiam o Pequeno Livro Vermelho e se diziam maoístas, era afirmando a fidelidade a Marx, leitor de Hegel, nosso Marx judeu e da região do Reno, europeu.
Enquanto Claire, era o Corão que ela lia! Maomé ou Mohammad era o seu Profeta! Não era uma etapa a mais a ser superada no caminho do progresso — como antigamente dizíamos —, ela afundava na regressão. Deixara as margens do Reno e fora para o deserto! Recitava "Alá Akhbar!" E alguns dos seus "irmãos" queimavam escolas maternais, ginásios, inclusive haviam tentado incendiar uma igreja, a pretexto de mesquitas terem sido profanadas. Matavam porque dinamarqueses haviam feito uma caricatura do Profeta.

Eu misturava meu sofrimento e decepção particulares com o noticiário, e, pouco a pouco, saí da inércia, do espírito resignado que eu deixara tomar conta de mim.

Não permaneceria de joelhos, como um vencido que inclina a nuca, esperando a cimitarra lhe arrancar a cabeça fora.

Continuaria fiel à nossa história, à Reforma, às Luzes, a Voltaire.

Resolvi lutar e reorganizei minha vida nessa perspectiva.

A universidade de Genebra se dispôs a me aceitar por alguns meses. E a facilidade inesperada com que obtive o convite — o diretor da Sorbonne deve ter usado toda a sua influência para isso —, me pareceu um sinal favorável.

Estaria perto de Claire. Investigaria o tal Malek Akhban, o seu clã, o seu passado, o seu banco.

Arrancaria Claire do seu domínio. Precisava desintoxicá-la, pois o fanatismo é uma droga.

Como poderia aceitar que minha própria filha encarnasse aquela regressão, rejeitasse o que Voltaire, em 1764, no *Dicionário filosófico de bolso*, já tinha exposto, estigmatizado?

Podia-se tolerar, em nome de um pretenso respeito pelo próximo e por suas crenças, aquela "peste das almas"?

Os Fanáticos

Reli Voltaire com angústia. Era dele a frase: "Quando o fanatismo chega a gangrenar um cérebro, a doença é quase incurável."

Seria já o caso de Claire?

"O que responder a um homem", continuava Voltaire, "que diz querer degolá-lo, pois prefere obedecer a Deus e não aos homens, tendo certeza de com isso ir para o céu?"

Nunca uma frase escrita no século XVIII me pareceu tão atual. Os islamitas degolavam diante das câmaras de televisão. E Claire se juntara a eles!

Mas era aquele Malek Akhban que eu devia combater, era das suas mãos que precisava arrancar Claire.

Era ele o culpado, o manipulador.

"Em geral, são velhacos que influenciam os fanáticos e põem o punhal em suas mãos", constatou Voltaire com sua implacável lucidez.

Relê-lo me encorajou a condenar e desprezar aqueles que curvam a cabeça diante do fanatismo, sob o pretexto de ser uma fé tão respeitável quanto qualquer outra!

Evocam a tolerância, mas apenas o medo e a covardia ditam tal atitude.

Eu combateria.

* * *

Não revelei meus planos a Zuba Khadjar. Afinal, nada lhe havia prometido. Fiz o papel do amante enfastiado. Chamei uma jovem russa a vir morar comigo na rua Maître-Albert. E propus alugar um pequeno apartamento junto ao meu, para Zuba.

Ela olhou para mim sem nada perguntar, e esse silêncio e aceitação me preocuparam. Tive a sensação de que nada ignorava do meu tormento atual.

Sustentei o jogo. Apresentei-lhe a jovem russa. Murmurei que sempre fora polígamo, e que, aliás, nunca havia escondido isso.

— Converta-se ao islã — exclamou Zuba Khadjar, levantando-se.

Na porta de casa, quis lhe dar algumas explicações. Ela colocou a palma da mão em minha boca.

— Não quero saber nada. Mesmo assim, conte comigo. Faça o que precisa fazer, apenas tenha cuidado. Eles são determinados. Se os incomodar, o afastarão e matarão.

Quis segui-la, chamá-la, perguntar, mas ela já fechara a sua porta.

VI

ntendi que estaria sozinho naquela guerra. Poderia ter levado comigo Zuba Khadjar, mas a pressentia tão vulnerável quanto atormentada.

Ela nada me dissera do seu passado, mas eu estava convencido de que fora ferida e que algumas chagas íntimas permaneciam abertas.

Era muçulmana, mas sua família tinha sido martirizada pelos chamados Guardiães da revolução dos aiatolás. Combatia o islamismo, os costumes bárbaros, os arcaísmos da religião. Indignava-se quando alguma das suas estudantes se apresentava com o véu. Ousava contestar essa prática, afirmando se tratar de uma interpretação falaciosa do Corão.

Foi insultada, ameaçada, perseguida. Recebeu, em seu site da Internet, dezenas de mensagens cheias de ódio. Seus remetentes a ameaçavam com estupro, lapidação e mutilações. Tornara-se, ao que diziam, a puta dos infiéis.

Durante algumas semanas, uma vigilância foi, inclusive, mantida no fundo do anfiteatro onde ela dava aulas, pois eu tinha avisado a direção da universidade dos riscos de agressão que corria Zuba Khadjar.

Naquela ocasião, pude perceber a prudência, na verdade, a covardia de alguns encarregados do cotidiano universitário.

Criticaram Zuba Khadjar por ter violado, com uma atitude injustificável e anormal, o direito dos estudantes. Eram adultos livres para se vestirem como bem entendessem e interpretarem a própria religião como quisessem.

Zuba Khadjar ficou exasperada.

— Eles vão ceder em tudo — confiou-me. — Têm medo. A mesma coisa, exatamente, aconteceu no Irã.

No entanto, ela se mantinha solidária à sua comunidade, me acusando de ter argumentos racistas, de me vangloriar com grandes palavras --- Liberdade, Igualdade, Fraternidade! — e não denunciar as discriminações sofridas pelos muçulmanos.

Eu tinha encontrado na carta de Claire termos e expressões que me lembraram o vocabulário de Zuba Khadjar.

Por isso tudo, então, não quis que ela se engajasse no meu combate. Mas sabia que não me trairia.

Outros, pelo contrário, se afastaram de mim como se temessem se comprometer se apresentando a meu lado.

Precisei ligar várias vezes para Pierre Nagel, até que aceitasse marcar um encontro.

Foi em sua casa e não na *brasserie* da rua des Écoles, onde tínhamos o hábito de nos encontrar.

Criticou minhas declarações irresponsáveis, a evocação a Robert de Sorbon:

— Eu o achava laicista! E você parece estar nostálgico dos colégios eclesiásticos! No entanto, meu caro Nori, tornamo-nos uma sociedade multirreligiosa, multirracial; o cristianismo, agora, não é senão uma referência entre outras, e você se serviu dele para excluir, para estigmatizar cidadãos franceses!

Tentei me justificar, mas ele se empolgara.

Corrigiu-me, mostrando que os muçulmanos eram literalmente uns esfolados vivos. Só pediam, simplesmente, respeito. Tinham a sensação de serem o tempo todo condenados pelo que eram, bem mais do que pelo que faziam. E a situação internacional, o que eles viam dela, tanta unanimidade contra eles, aquele "dois pesos, duas medidas" — uns podendo ter bombas atômicas e outros proibidos de produzi-las — os revoltavam.

Eu o interrompi e, quando perguntei, ele respondeu que, de fato, evitava aparecer ao meu lado, pois a sua reputação de objetividade correria um risco, e perderia a confiança dos colegas, de seus alunos muçulmanos, sem falar do acesso às fontes indispensáveis para as suas pesquisas.

— Cada uma das minhas frases e das minhas análises é estudada. Preciso ir com prudência, se quiser ser ouvido.

Reticente, deu-me algumas informações sobre a biografia de Malek Akhban. Eu devia me interessar por Nasir Akhban, pai de Malek e fundador do World's Bank of Sun.

Não quis me dizer mais do que isso, por sempre ter achado que escrever sobre o islã, compreender as sutilezas dessa religião, as estratégias dos homens e as suas rivalidades pressupõem um longo aprendizado — na verdade, toda uma vida de estudo, o conhecimento da língua e uma lenta impregnação dos fundamentos da civilização muçulmana. Sem isso, a realidade permanece mascarada por tagarelices irresponsáveis de pessoas que, se aproveitando das difíceis circunstâncias, dissertam sobre o islã, sustentam argumentos caricaturais e peroram na televisão, embolsando direitos autorais.

Acrescentou que, naturalmente, não era o meu caso, mas me aconselhou a não entrar num assunto em que nada tinha a ganhar e muito a perder.

Eu tinha a sorte de meu trabalho ser sobre o Império Romano, a respeito do qual ninguém se degolava mais!

Ele lera os diversos artigos de Claire, publicados na *Revista de Estudos Islâmicos*. Eram notáveis, comedidos e tinham sido traduzidos em vários países árabes, sinal que não deixava dúvidas.

— Em que sentido? — perguntei.

Respondeu com um gesto vago, acompanhado por um sorriso cúmplice.

— Eles a reconheceram, aceitaram. Ela vai ter à disposição bibliotecas, universidades. Eles são ricos e podem se revelar generosos.

Hesitei dizer que ela era a quarta esposa de Malek Akhban, mas talvez Pierre já o soubesse.

Insinuei, então, que ela pretendia se converter ao islã.

Ele ergueu os braços, exclamando ser uma excelente notícia para Claire, mas também para a pesquisa francesa. Havíamos tido notáveis arabistas, mas, na maioria, católicos, em geral bastante compreensivos com relação ao islã. Um pesquisador, porém, que se convertia, seria uma grande satisfação para todos os muçulmanos sofrendo pela falta de consideração, pela rejeição da sua religião! Eles suspeitam de, frequentemente, os pesquisadores "infiéis" serem inimigos do islã que só guardaram da sua milenar história aquilo que reforça os seus preconceitos, o seu requisitório. Preparam um processo incriminatório, acrescentando a parcialidade à soberba.

— Quer dizer — respondi — que se deve capitular, se juntar a eles, reconhecer sua superioridade para obter a paz?

Era um exagero meu, protestou Nagel.

De novo explicou que atravessamos um período de transição semeado de obstáculos, devendo-se favorecer toda iniciativa que ajude a se prosseguir de maneira pacífica.

— Nunca esqueça — disse, acompanhando-me à porta — que, quando você se exprime, não é apenas em seu próprio nome. Você é visto, entendido como um ocidental e, faça o que fizer, como um infiel. Ou seja, como um daqueles que os islamitas dizem descendentes das Cruzadas. Cabe a você, com o que diz, com o que escreve, fazer compreenderem que o tempo das Cruzadas já passou, que não acredita em "choque das civilizações", mas em diálogo. Será ouvido com mais atenção e boa vontade, uma vez que sua própria filha se converteu.

— Ela escolheu se chamar Aisha.

Nagel balançou a cabeça, sentencioso.
— Ótimo, excelente! — aprovou. — A esposa favorita do Profeta...

Laura, mãe de Claire, disse achar o nome maravilhoso. Claire era convencional demais! Era típico de um italiano ter escolhido aquele nome, para compensar o sobrenome Nori, que lembra demais o siciliano.

Foi como começou nossa conversa telefônica. Aisha — acrescentou ela, por sua vez — era a mais jovem das esposas do Profeta.

Eu é que lhe havia telefonado, na véspera de partir para Genebra. Não nos falávamos há quase dois anos.

Apenas respondi:
— Precisamos falar um pouco sobre Claire.
— Claire? Aisha, o senhor quer dizer! — corrigiu.

Na verdade, ela escolhera me tratar com cerimônia, pois era assim que fazia toda vez que pretendia demonstrar sua indiferença e desprezo com relação a mim. E continuou a falar, com aquela voz superaguda, quer estivesse irônica ou indignada.

Eu, naturalmente, explicou ela, não havia entendido a decisão de Claire. O que não a surpreendia: eu nunca me interessara pelos outros. Com relação a ela, tudo bem, mas o mesmo se dava com relação a Claire. Pois só quando se ama as pessoas se presta atenção. E eu era incapaz de amar, já que não acreditava em coisa alguma, era um cínico, reforçado pelo egoísmo.

— E não compreendeu que Claire, como eu, é mística, precisa escapar desse materialismo de que você é a própria encarnação. Não foi por acaso que escreveu tanto sobre o paganismo romano. É a civilização que lhe convém! Claire não suporta isso, e eu também não. Sou católica, e ela o era. Tornou-se muçulmana. Por que isso me chocaria? Há um só Deus, e os muçulmanos reconhecem a existência de Jesus e de Maria, assim como o papa congrega a seu redor representantes de todas as religiões do Livro! O essencial é a fé em um deus único: Abraão, Jesus, Alá? A diferença não está entre judeus, cristãos e muçulmanos, mas entre os que creem e os sem-Deus, como você.

Devia ter desligado, mas é possível que quisesse ser maltratado e ouvir os comentários de Laura, quando pronunciei o nome de Malek Akhban, o velho polígamo de quem Claire era apenas a quarta esposa.

— Quem fala! — indignou-se ela. — Não se dizia, ferindo-me atrozmente, "tecnicamente polígamo", dono de um "harém informal"? E agora se escandaliza? Malek Akhban, pelo menos, nada escondeu de Claire. Não a enganou nem traiu. Respeita-a, contando tudo e explicando as regras da sua religião! Você - - deu um riso debochado — quantas mulheres tinha em seu "harém informal"? Eu não era a quarta, mas a sétima ou oitava! E não me venha falar da idade de Malek Akhban! Já me contaram que a sua última conquista — a sua assistente! - - é uma jovem que nem 30 anos tem, e muçulmana, além de tudo. E se diz preocupado com Claire? Realmente, as suas má-fé e hipocrisia só se agravaram com os anos. Eu compreendo e aprovo Claire, estou feliz por ela. Ingressou numa verdadeira grande família, que você foi incapaz de oferecer. E em uma religião forte que não se renega, ao contrário das outras e da minha, em primeiro lugar!

Ela retomou o fôlego e acrescentou:

— Já falamos tudo, não é?

E desligou.

Eu, então, não tinha aliados.

Segunda parte

VII

Eu olhava correrem as águas lamacentas do rio Ródano e ouvia Malek Akhban declarar, num francês límpido:

— A bandeira do Islã deve cobrir o gênero humano!

A voz era pausada, decidida e, apesar da má qualidade da gravação ou do meu aparelho, era clara e parecia próxima, como o cochichar de uma confidência, de um segredo.

Interrompi o gravador e fiz voltar a fita para trás e para a frente.

Anotei:

"O islã é dogma e culto, pátria e nacionalidade, religião e Estado, espiritualidade e ação, o Corão e o sabre."

E Malek Akhban continuava a explicar e descrever o sentido, a história e a grandeza da civilização muçulmana.

Toda vez concluía com a mesma frase que se tornava, assim, de tanto ser repetida e ouvida, uma encantação, uma predição: "A bandeira do Islã deve cobrir o gênero humano!"

Levantei-me. Fui até a janela que eu deixava aberta a maior parte do tempo, como se quisesse que aquele rumor do Ródano, correndo logo abaixo do prédio em que eu estava morando, no cais Seujet, acompanhasse a pregação de Malek Akhban.

Chegara a Genebra poucas semanas antes e alugara aquele pequeno apartamento, situado no último andar, em uma área calma, a 200 ou 300 metros da rua de l'Encyclopédie, do Instituto Voltaire e da rua des Délices, onde o filósofo morou. Essa vizinhança havia influenciado a minha escolha.

Eu era e continuaria sendo voltairiano. O caso Claire Nori seria o meu "caso Calas"! Dedicaria a ele todas as minhas forças, dando à minha filha o que, até então, lhe havia negado.

Arrumei minha mesa de trabalho diante da janela. Bastava-me erguer os olhos para perceber o topo do jato d'água brotando do lago e desabrochando a mais de 130 metros de altura, com uma cascata de respingos que o sol matizava.

Mais além, a cadeia dos cumes nevados dos Alpes fechava o horizonte. E eu imaginava que uma daquelas geleiras é a de Furka, aonde eu tinha ido, em outra época e na companhia de Claire, mostrar a ela um fino fio d'água turbilhonante: o rio Ródano no nascedouro.

À beira dos cais de Genebra, ele não é ainda um grande rio, mas também não mais uma mera torrente alpina qualquer. Forte e colérica, sua correnteza rápida tem um vigor juvenil e seus turbilhões batem com força no cais. Aquela alegre violência me fascinava.

Percorri o cais des Bergues até o cais du Mont-Blanc que circunda o lago, com suas águas geralmente calmas.

Pensava no Ródano que, no fundo do lago, escava o seu leito, abre passagem, parece se misturar às águas mais quentes do lago, nele se perder, mas que ressurge de repente, impetuoso, ainda aceitando ser canalizado, mas correndo em velocidade, até se tornar o rio majestoso que chega ao mar com seu imenso delta.

Da minha mesa de trabalho, eu podia ver a cadeia dos Alpes e uma parte do lago. Inclinando-me um pouco, percebia a torrente cujos ruídos penetravam em grandes fluxos apartamento adentro. Precisei aumentar o som do gravador para ouvir Malek Akhban declarar:

"Nosso slogan não pode deixar de ser: Deus é a nossa meta. O mensageiro de Deus é o nosso guia. O Corão é a nossa Constituição. O esforço é o nosso caminho. A morte na trilha de Deus é o nosso último desejo."

Indignei-me: era este o pregador com reputação de moderado e reformista, adepto da modernização do Islã?

Lendo, porém, o livrinho que acompanhava cada cassete, descobri que Malek Akhban não era o autor dos textos citados. Deviam, no entanto, segundo ele, ser conhecidos para bem se compreender a civilização muçulmana. E ele acrescentava: "Por que seríamos a única cultura, a única religião devendo cortar suas raízes e censurar seus fundadores? Queremos estar em nosso tempo, mas isso só é possível se permanecermos fiéis às origens, ou seja, conhecendo-as."

Dei-me conta da habilidade de Malek Akhban e da ingenuidade de quem o apresentava como um pensador e banqueiro, historiador e filósofo querendo instaurar uma parceria com o Ocidente, para evitar a maldição e a tragédia que seria o "choque das civilizações".

E ele era recebido com as honras devidas a um influente pregador, tanto em Paris e Londres quanto em Roma.

Os Fanáticos

Aplaudia-se nele o representante das novas gerações muçulmanas, abertas para o mundo moderno, dominando e utilizando todas as suas técnicas. O homem, enfim, que ajudaria no nascimento de um Islã europeu!

Ele, de fato, não fazia qualquer apologia do terrorismo. Contentava-se em retomar, a pretexto da História, os mais radicais discursos dos pregadores muçulmanos, para quem "a morte na trilha de Deus é o nosso último desejo".

O que mais isso significava, senão que se devia sacrificar por Alá? E não era essa, junto com o ódio, a maior motivação dos camicases?

Descobri os cassetes ao seguir um grupo de estudantes com o rosto coberto pelo véu e que deixava a universidade ao mesmo tempo que eu.

Achei que uma delas talvez fosse Claire. Era absurdo, mas a silhueta, o andar daquela moça, sua maneira de mover a cabeça com vivacidade me fizeram deixar de lado o bom-senso, que dizia ser improvável um encontro assim.

Foi como se um acesso de febre bruscamente me houvesse tomado, eu tinha as faces vermelhas e os olhos obscurecidos.

Estava convencido de que era a minha filha, mas não ousei me aproximar e falar com ela. Não que tivesse dúvidas quanto à identidade, mas por temer que me rejeitasse.

Rezei — cheguei a isso — para que se virasse em minha direção e me visse, se dirigisse a mim.

Imaginando a cena, as primeiras palavras trocadas, estremeci.

As estudantes entraram em uma livraria acerca de uma centena de metros dos prédios da universidade.

Não as segui, mas, imóvel diante da vitrine, pude vê-las de frente, afinal. E me senti arrasado pela decepção, com vontade de me deitar ali mesmo, no chão, tão grande foi o desânimo.

De repente, ao baixar a cabeça, vi na vitrine o retrato de um homem de rosto fino, calvo no topo da cabeça, com cabelos brancos nas têmporas e o olhar firme. O rosto era afável mas velado, dando a impressão de se dissimular, para só transmitir dos seus traços aquela vaga sensação de doçura.

O nome de Malek Akhban ocupava o fundo da vitrine em que se superpunham fileiras de fitas cassetes: "Conferências completas de Malek Akhban".

Imaginei ter sido "guiado" até ali e que não por acaso tinha achado reconhecer Claire.

"Algo" quis que eu descobrisse aquela livraria, aquelas fitas. Não procurei aprofundar essa certeza.

* * *

Entrei. Comprei uma dezena delas. Ao pagar, o funcionário — um rapaz usando uma barba cortada rente — me disse, devolvendo meu cartão de crédito, sentir-se honrado com a minha visita. Tinha lido vários livros meus. Era um apaixonado pelo Império Romano.

Aconselhou-me ouvir o cassete número seis, em que Malek Akhban citava textos que refletiam o ponto de vista islâmico sobre o Império Romano.

— Talvez o senhor não concorde, professor. Mas como tem um espírito sem preconceitos, essa maneira não ocidental de ver o interessará.

No momento em que deixava a livraria, um homem com seus 50 anos de idade se aproximou de mim, postando-se no caminho de tal maneira que me obrigou a parar. Não gostei da forma autoritária e untuosa com que falou, se apresentando como professor Karl Zuber, professor titular da cadeira "História do Islã" na universidade, feliz de encontrar o colega professor Julien Nori, cuja notoriedade etc.

Dei um passo na direção da saída, mas ele me seguiu.

Perguntava-se, há tempos, quais laços de parentesco me ligavam a Claire Nori, uma jovem e notável historiadora que ele, aliás, tinha convidado para dar aulas na universidade, no âmbito de um seminário que organizava. Insistiu também para que eu comparecesse.

Ela havia recusado, pelo menos até aquele momento.

O homem parou, inclinando um pouco a cabeça, olhando-me direto com os olhos semicerrados e os lábios em bico, como se saboreasse de antemão o que ia dizer.

— Claire Nori — mas o senhor, sem dúvida, sabe disso, não é? — acaba de se casar com um personagem excepcional, Malek Akhban, que tem um papel decisivo nas relações entre o Islã e o Ocidente.

A se dar ouvidos a Zuber, seria essa a questão maior, que estaria no centro das relações internacionais nas próximas décadas. Akhban era um dos raros homens capazes de impedir o confronto entre as civilizações. Uma guerra, na verdade, já começada no Iraque e em direção da qual, com sua brutalidade de hábito, os americanos nos empurravam.

— O senhor conhece Akhban, imagino? Assisti a várias conferências dele.

Apontou para a sacola que eu carregava, em que se encontravam as 10 fitas cassetes recém-adquiridas.

— A França está no centro das suas preocupações. Akhban diz, com toda razão, que tudo depende da atitude que o seu país adotar. É onde se encontra a maior comunidade muçulmana da Europa — cinco milhões de adeptos, não é?

Contentei-me em concordar com a cabeça, com a garganta apertada, incapaz de falar.

— O casamento entre Claire Nori e Malek Akhban — continuou ele — foi um ato de imenso alcance simbólico. Não acha? É o sinal claro do surgimento de um Islã europeu, da fusão entre nossas culturas. O senhor, sem dúvida, sabe que Claire Nori se converteu?

— É minha filha — consegui balbuciar.

Ele, primeiramente, fingiu estar confuso e, depois confessou em voz baixa, com um tom de cumplicidade, que soubera pelo próprio Malek Akhban, o qual havia manifestado um grande respeito por quem denominara "o considerável professor Nori". Akhban era um "moderno", mas respeitava as tradições e, com isso, naturalmente, o pai da sua mulher.

Karl Zuber me acompanhou por uns 10 metros, estendeu seu cartão e me convidou a colaborar na revista *Encontro das Culturas*, que ele dirigia e que Malek Akhban patrocinava.

Finalmente foi embora e permaneci um bom tempo paralisado por uma opressiva sensação de inércia.

Em seguida, caminhei pela margem do rio, parando quase a cada passo para olhar a agitação do Ródano.

Nunca a correnteza tinha me parecido tão rápida, as águas amarronzadas tão tumultuosas, minha solidão tão enorme.

VIII

Fiquei novamente em dúvida.
A noite caíra. O rumor do Ródano parecia ter se ampliado, criando ao redor o silêncio, sem que som algum se opusesse mais a ele.

Obstinada, teimosa, a voz de Malek Akhban repetia:

"Queremos reagrupar todas as partes dessa Pátria islâmica que a política ocidental tanto quis separar e que a cobiça europeia dispersou e isolou no interior das fronteiras. Rejeitamos, então, todos os acordos internacionais que transformam a Pátria islâmica num conjunto de pequenos poderes..."

Malek Akhban entrelaçava tão habilmente seus argumentos às citações de pensadores radicais do Islã que era impossível saber se falava em seu próprio nome, lendo textos que escrevera, ou se, pelo contrário, eram falas de Hassan Al Banna, fundador da confraria Irmandade Muçulmana, ou, ainda, de Nasir Akhban, seu próprio pai.

Por uma das informações que vieram na caixa de cassetes, descobri que Nasir Akhban, ao mesmo tempo em que fundara o World's Bank of Sun, havia criado sua própria confraria, a *Futuwwa*, originada em uma cisão da Irmandade Muçulmana.

A *Futuwwa* era uma organização discreta, hierarquizada e da qual Nasir tinha sido o Grão-Mestre. Sem que isso fosse explicitamente dito, comentava-se que Malek Akhban sucedera o pai, quando ele morreu, não só à frente do banco, mas também no topo da hierarquia da *Futuwwa*.

Senti-me tomado pelo desânimo: como tirar Claire daquela rede, da nova crença que ela tinha livremente escolhido, daquele rio cuja força, cuja dinâmica a embriagava e arrastava?

Com que direito, aliás, faria isso?

Talvez fosse a hora e a vez do Islã?

Talvez o equilíbrio, tão difícil de se alcançar, entre razão e fé, e do qual o cristianismo me parecia ser a melhor expressão, se houvesse rompido, com tudo se encaminhando para o reino das emoções, para uma fé simples e rude, brutal, instintiva, rejeitando tudo em que se acreditara e se admitira.

Darwin estava sendo contestado nos Estados Unidos e as primeiras oposições à teoria evolucionista já surgiam na Europa.

Adeus, Buffon! Adeus, Voltaire!
Senti-me totalmente desconcertado.

Várias vezes, desde a minha chegada a Genebra, tinha ido à rua des Délices. Entrara no parque do número 25 da pequena via pública. Ali, naquela mesma residência escondida pelas árvores, morara Voltaire.

Visitei a biblioteca, li as páginas dos manuscritos expostos. Parei diante dos bustos do filósofo.

Fiquei fascinado pelo sorriso sarcástico, a expressão espirituosa e cheia de malícia, a alegria estampada em seu rosto e que Houdon soubera esculpir.

Era, quem sabe, o que me faltava: a alegria, o senso de derrisão, as formas extremas da coragem do espírito diante da vida, que é fugaz como a sombra.

Toda vez, entretanto, que voltava a estar sozinho em casa, o desânimo tornava a tomar conta de mim.

Na televisão, as imagens se sucediam, ecoando infinitamente a violência: automóveis incendiados; corpos mutilados sangrando nas ruas de cidades de todos os continentes, de Londres a Bagdá; multidões em fúria saqueando embaixadas europeias.

Quem ainda lia as palavras da razão?
Adeus, Spinoza! Adeus, Voltaire!

Cedam lugar ao Islã, o grande rio em cheia!
Cedam lugar a Malek Akhban!

A ouvi-lo, sentia-me dividido entre o espanto e o horror, a incompreensão, a indignação e a revolta.

Ele ousava dizer — talvez citasse um texto de Nasir Akhban ou de Hassan Al Banna — que "todo pedaço de terra em que houver um muçulmano que pronuncie 'Não há divindade senão o próprio Deus' é parte integrante da nossa Grande Pátria e devemos nos esforçar para libertá-la, tomá-la do domínio do Ocidente, livrá-la dessa tirania e agregá-la ao conjunto das partes".

Voltava a avançar ou recuar a fita. Anotava e tomava notas.

Isso significava que onde quer que vivesse um único muçulmano, até ali devia se estender o Império Islâmico?

Ou seja, com seus prováveis cinco milhões de muçulmanos, a França devia, antes de qualquer outra nação, fazer parte daquela comunidade, daquela "pátria islâmica"?

Com isso, eram vãs todas as medidas que há décadas vinham sendo promulgadas a favor do que se chamava integração, pois a fé muçulmana tinha como dever transformar o seu lugar de abrigo em terra do Islã. Para que a paz reinasse nesses territórios, então, era preciso todos se integrarem... à fé islâmica?

Na melhor das hipóteses, vivia-se um período de "armistício" — *Dar al Suhl* — enquanto não vinha a guerra de conquista!

Com a sensação de serem poucos os que tinham ousado compreender e denunciar tal lógica, eu ficava tentado a também me deixar carregar pelo rio Islã.

Por que não? A fé tranquiliza. A comunidade protege. Sente-se o calor fraterno dos irmãos e das irmãs.

Era o que Claire tinha buscado e encontrado!

Para que romper o casulo em que se aninhara?

Ouvi, afinal, o cassete nº 6 a que o livreiro tinha se referido.

Malek Akhban se exprimia solenemente, indicando, pela primeira vez, que o texto era de Hassan Al Banna, fundador da confraria Irmandade Muçulmana, escrito na década de 1930, quando Mussolini e Hitler, o fascismo e o nazismo, reinavam na Itália e na Alemanha. Tais circunstâncias históricas deviam, então, ser consideradas para a melhor apreciação dos textos. Permanecia, entretanto, sublinhava Malek Akhban, o seu sentido profundo, sobre o qual se devia meditar, para disso se servir como inspiração.

"O Reich alemão se impõe como protetor de todos aqueles em cujas veias corre o sangue alemão? Muito bem, a fé muçulmana impõe a cada muçulmano a proteção de toda pessoa que tenha sido impregnada com a aprendizagem corânica", escrevera Hassan Al Banna.

Não se trata de solidariedade étnica, insistia Malek Akhban, mas de fraternidade entre fiéis de toda e qualquer nacionalidade.

"A crença representa tudo, no Islã. Não se reduz a fé ao amor e ao ódio?"

Claire tinha procurado e encontrado o amor absoluto na fé, e a contrapartida dessa crença nada mais era senão o ódio que passara a ter por mim.

Tal fé, os muçulmanos queriam espalhar "por todos os horizontes terrestres e a ela submeter todos os tiranos, até não haver mais desordem e a religião ser totalmente dedicada a Deus".

Onde estava a tolerância?

Adeus, Spinoza! Adeus, Voltaire! Adeus, o tempo das Luzes!

Indignei-me ao lembrar o que diziam o tal Karl Zuber e Pierre Nagel. A compreensão que tinham, a prudência, a apologia que faziam do "diálogo das culturas" se chamavam covardia, submissão e — por que não? — conversão!

Era revoltante.

Como podia aceitar aquela capitulação incondicional proposta por Malek Akhban, dissimulado por trás de textos antigos para assim divulgar seu próprio pensamento?

Ouvi várias vezes a gravação em que, de fato, se evocava — e de maneira singular — o Império Romano. O texto partia da *Epístola aos jovens*, de Hassan Al Banna.

Dizia ele:

"Queremos que a bandeira do Islã se desfralde novamente ao vento e bem alto, em todos os rincões que tiveram a fortuna de receber o Islã por algum tempo e onde a voz do muezim ressoou.

"Quis a desventura que as luzes do Islã se retirassem daqueles recantos, que voltaram a cair na inverdade.

"A Andaluzia, a Sicília, os Bálcãs, o litoral italiano, assim como as ilhas do Mediterrâneo são todas colônias muçulmanas e devem voltar ao seio do Islã."

Fiquei tão impressionado com essas frases que parei o gravador. Teria entendido direito?

Voltei a ouvir o trecho. O sentido não podia ser mais claro, e o que vinha em seguida apenas o confirmava, com a impudência do fanatismo:

"É preciso, assim, que o Mediterrâneo e o mar Vermelho voltem a ser mares muçulmanos", citava Malek Akhban, "como eram antigamente, apesar de Mussolini ter se conferido o direito de reconstruir o Império Romano. Esse suposto Império Romano só se constituiu apoiado na cupidez e em desejos passionais.

"É nosso direito, então, reconstruir o Império Islâmico que se estabeleceu pela justiça e pela igualdade, tendo prodigalizado a luz entre os povos."

Eu estava estupefato diante do projeto de reconquista.

E era ao Ocidente que se acusava de querer recomeçar as Cruzadas! Foi a mim que Claire e até mesmo Pierre Nagel tinham chamado de "Cruzado"!

Senti-me escandalizado com a atitude de Malek Akhban que, com sua voz apaziguadora, se contentava em ler, sem se distanciar do texto que era, na verdade, um apelo ao jihad e confirmava — o que acabei entendendo, de tanto ouvir as fitas — que o Império Islâmico devia se estender por todo lugar onde um muçulmano rezasse ou houvesse feito suas preces. Dentre esse lugares, a "minha" Sicília era reivindicada como terra muçulmana!

Os Fanáticos

Já que milhões de muçulmanos vivem na Europa, é preciso que os territórios em que eles fazem suas orações se tornem, por sua vez, parte do Império. Será o fim das identidades nacionais! O futuro, tanto da França quanto da Europa, é a constituição de um amálgama de comunidades, dentre as quais a muçulmana se impõe, pois é guerreira, conquistadora, prolífica e obediente à fé, querendo seguir à letra o seu Livro, a palavra de Deus tal como foi transmitida pelo Profeta. Por ser "a melhor das comunidades", venceria.

Comecei a me censurar por também estar mergulhando no fanatismo, submetendo-me à mesma lógica de guerra que querem impor ao mundo os integristas de todas as religiões.

E não queria abrir contra o islã um processo tão injusto como esse que acusa o catolicismo do século XXI de ainda trazer em si o gérmen da Inquisição ou, pior, do antissemitismo que, como a lepra, contaminou e corroeu os séculos passados.

Mas a Igreja e os seus fiéis haviam demonstrado arrependimento. Tinham retornado a Cristo, à Sua crucificação, ao Seu sofrimento, à Sua humildade de homem mortal que só ressuscitou em Deus depois de subir o calvário, esmagado pela cruz.

O Islã tinha como Profeta um combatente que não hesitara em massacrar os rivais e jogar os cadáveres dos inimigos em valas comuns. Reinara pelo verbo, mas, antes, pela espada.

Os califas nunca proclamaram que se devia dar a César o que é de César e a Deus o que é de Deus. A guerra muçulmana sempre é santa. O Estado muçulmano deve ser regido pela lei divina, a charia.

Os textos lidos por Malek Akhban eram apenas documentos históricos dando mostras de ambições e de aspirações de uma outra época.

O terrorismo, os apelos ao jihad, ao autossacrifício em nome de Alá não são uma história superada, mas, sim, a nossa atualidade, o nosso futuro.

Nova York, Washington, Madri, Londres: relembrei uma a uma as imagens das torres e dos vagões retorcidos.

E ali, naquela sala em que o rumor das águas era tão forte que eu podia achar que o rio logo me submergiria, a televisão, estando ligada, mostrava automóveis em chamas, escolas destruídas, hotéis incendiados, corpos agonizando às dezenas nas ruas, sob os escombros.

Os muçulmanos de países que não respeitam a charia e mantêm relações pacíficas com o Grande e o Pequeno Satã, os Estados Unidos e Israel, são ainda mais visados do que os infiéis. Por isso sunitas massacram xiitas.

Os Fanáticos

A reconquista profetizada e desejada por Hassan Al Banna e Nasir Akhban, à qual Malek Akhban emprestava sua voz, não teria já começado?

Nos Bálcãs, monastérios e igrejas ortodoxos tinham se tornado, em inúmeras regiões, ilhas isoladas no meio de uma população muçulmana que já ocupava os próprios lugares em que cristãos, séculos antes, haviam resistido e impedido a invasão do Islã.

Tentando esquecer meus sentimentos íntimos, uma vez mais esmiucei o rancor pessoal que talvez me influenciasse.

Quem sabe devia aceitar esse avanço do Islã?

Quem sabe era preciso se submeter para que guerras cruéis, um "choque das civilizações" não engendrasse um caos em que a terra humana podia ser engolida?

Como historiador, parecia-me ver se organizar um encadeamento de causas, uma engrenagem que ineluctavelmente nos conduzira, no século XX, a duas guerras mundiais que o Islã não tinha absolutamente causado. Mas, dessa vez, ele seria um dos seus maiores agentes, ou, pelo menos, o pretexto utilizado por outras potências.

Então, aceitar, curvar a cabeça? Deixar Genebra? Esquecer Claire? Aproveitar o que me restava a viver?

* * *

Talvez fosse esse o destino do Ocidente europeu, cético, covarde, esgotado por tantos combates, esmagado por tão longa história, envelhecido, apenas preocupado em agonizar em paz?

Imaginei-o — imaginei a mim mesmo — como um aposentado abúlico que não consegue mais ser obedecido e respeitado por jovens empregados que ele, quando dispunha de força e de poder, tratava com rudeza. Esses jovens descobriam, dia após dia, as suas fraquezas. Então, passaram a não servi-lo mais, e a maltratar e agredir, relegando-o a um cômodo escuro, onde apodreceria nos próprios dejetos.

Ao se assenhorearem da casa, aqueles que antes serviam mudam a sua decoração e o seu nome. E a filha do velho incapacitado se torna mulher dos vencedores jovens e viris.

Claire Nori passara a se chamar Aisha Akhban.

IX

não consegui, no entanto, tomar a decisão de deixar Genebra e errei pela cidade, querendo acreditar que, andando assim, ao acaso, acabaria encontrando Claire.

Silenciava, desse modo, qualquer bom-senso que me cochichasse ser isso bastante improvável e que eu claramente mentia para mim mesmo, sem coragem de procurar seu endereço, que seria bastante fácil encontrar, pois Malek Akhban era uma personalidade pública e com certeza morava não em Genebra, e sim numa daquelas cidadezinhas à beira do lago, Versoix ou Coppet, onde os ricos habitantes estrangeiros alugavam ou compravam suas amplas residências.

De volta em casa, extenuado por essas longas caminhadas inúteis, confessava que aquela busca era um simulacro, que tinha medo de me encontrar frente a frente com Claire, descobrir seu rosto aprisionado por um véu negro que lhe moldava os traços, escondendo a nuca e os cabelos.

Deveria, então, admitir que ela desejava permanecer Aisha Akhban e que me rejeitava, me odiava.

Mas a solidão voltava a me expulsar do apartamento e voltava eu a percorrer as avenidas tranquilas da cidade que, apesar das intensas correntes de ar varrendo a margem do lago e as ruas, parecia calma, distante das guerras, dos atentados, dos incêndios, dos ódios que dilaceravam ou devastavam outras metrópoles.

E, no entanto, no entanto, ali mesmo...

Lembrei-me de uma visita à cidade e a seus arredores que fiz em outra época, com Claire.

Ela tinha aceito a ideia de me acompanhar e até assistir a uma conferência que eu devia dar no Grand Théâtre.

Tinha, na época, uns 15 anos de idade e, para mim, era ainda uma criança. Sentou-se na primeira fila, entre as pessoas, e eu falei me dirigindo a ela, querendo que se lembrasse da eloquência e erudição do pai que, sem qualquer anotação, era capaz de evocar Júlio César deixando — como ele próprio escrevera — "precipitadamente Roma, ganhando, com marchas forçadas, a Gália ulterior e chegando a Genebra, cidade dos alóbrogos, a mais próxima da fronteira helvécia e ligada a esse país por uma ponte".

Descrevi as legiões erguendo uma muralha, cavando um fosso a partir do lago Leman e indo até o monte Jura. Em seguida, as armadilhas montadas contra os helvécios, as batalhas impiedosas, os prisioneiros degolados ou escravizados.

O sangue também já havia coberto a terra genebresa.

Em seguida, contei como naquela cidade que se pretendia a capital da Reforma, da luta contra a Igreja católica que perseguia os hereges, Calvino mandara queimar vivo Michel Servet, um médico espanhol que tinha o pensamento livre demais, mesmo para um protestante.

Genebra a reformada, a tolerante, tinha também sido fanática.

Depois se tornou essa cidade pacífica onde, na margem do lago, se ergueu o Palácio das Nações; onde, enquanto as pessoas se matavam umas às outras e caçavam os judeus fora das suas fronteiras hermeticamente fechadas, ali se comiam barras de chocolate escuro, bebericando chá.

Na saída da conferência, estava ansioso pela opinião de Claire.

Ela sacudiu os ombros.

— Você fala bem — respondeu. — Mas isso muda o quê?

Voltei a discursar.

A história de Genebra era a prova de que, com o tempo, as violências acabam se apaziguando. Ali onde as legiões romanas tinham massacrado, onde Calvino se comportara como um Grande Inquisidor, podia reinar a paz, a liberdade de espírito. Genebra, desse modo, era uma fonte de esperança.

Claire, de novo, deu de ombros.

— E acha que o mundo vai se tornar uma grande Suíça?

E riu balançando a cabeça, cheia de comiseração, como uma cética das mais experientes.

Não consegui convencê-la de que não se devia perder a esperança no homem e também de acreditar no progresso, na instauração progressiva do reino do direito em escala universal.

Guardei por muito tempo o som da sua risada descrente.

Talvez achasse que eu falava sem convicção, como um mau ator que esquece o seu texto e tenta, cheio de rodeios, dar uma falsa impressão.

Pois, é verdade, com o decorrer dos anos eu tinha perdido a maioria das minhas ilusões. E Claire, sem dúvida, compreendia isso, incomodando-se com o fato de eu tentar dissimular, em vez de confessar minhas dúvidas.

Os Fanáticos

Falei do Tribunal Penal Internacional, do Conselho de Segurança, dos observadores da ONU e recitei as ladainhas em voga. Mesmo que, para mim, ela fosse uma criança à beira da adolescência, com umas poucas palavras desprezivas Claire evocou as desigualdades crescentes, as terras e o petróleo roubados, os povos explorados, as vidas humanas que não têm o mesmo preço, sendo algumas pranteadas e outras jogadas por tratores em fossas, longe das câmaras de tevê e da indignação.

A vida de um americano vale mais do que a de mil iraquianos. Um morto israelense tem o mesmo peso que 10 mortos palestinos.

Onde estão o direito, a justiça?

Contra-argumentei, mas Claire falava a minha língua: como poderia convencê-la de estar errada?

E agora tinha ido para o campo dos fanáticos.

Por causa disso tudo, como se esperasse encontrá-la lá, pedi que me levassem a Champel, onde, em 1553, Calvino mandara queimar vivo Michel Servet.

Foi a última fogueira desse tipo ateada em Genebra, mas Claire tinha razão: para cada fogueira apagada, mil outras ainda crepitavam.

O século XXI, que estava começando, se anuncia como uma repetição desmesurada do século XVI. Os católicos não condenam mais os protestantes e estes não suplicam mais os livre-pensadores, mas Malek Akhban lê os textos de Nasir Akhban, seu pai, Grão-Mestre da confraria *Futuwwa*, e os de Hassan Al Banna, fundador da confraria Irmandade Muçulmana.

E seitas evangélicas sonham com um fim do mundo que deve precipitar no inferno quem não acredita no seu mesmo Deus.

Perambulei, então, por Genebra e por minhas recordações, atormentado, obcecado, irritado com a hipócrita calma em que vive a cidade, acolhendo os representantes mais civilizados de todos os fanatismos.

À beira do lago, eles não sujam as mãos com o sangue dos degolados. Não os erguem mais acima da cabeça para exibi-los às multidões que urram, pedindo linchamentos e se oferecendo ao sacrifício.

Com as unhas manicuradas, se contentam agora, entre duas partidas de golfe, em pregar e financiar o ódio.

E Malek Akhban, o velho que enfeitiçou Claire a ponto de fazê-la querer se tornar sua quarta esposa, é um desses!

Eu sufocava em mim o pensamento amargo, murmurando que ela agira com toda lucidez. Estava escrito em sua carta para mim: ela se convertera livremente. Não se tratava apenas de uma maquiagem, tinha se tornado Aisha Akhban com toda a sua alma, inteligência e corpo.

Tive vontade de gritar.

Segui até o Grand Théâtre, situado do outro lado do Ródano, a poucas centenas de metros de minha casa.

Bastou-me atravessar a ponte para rever na memória cada detalhe daquela noite, minha autossuficiência de então, o orgulho apresentando Claire: "Isso mesmo, é minha filha" etc.

Em seguida, o silêncio que, na saída da conferência, após alguns passos e algumas frases, nos separou. Eu já a sentia cheia de desdém, mas no hall do hotel, no cais de Bergues, tornou-se francamente hostil e declarou:

— A hipocrisia e a mentira não podem durar para sempre. As pessoas acabam compreendendo. As grandes palavras como igualdade, direito, justiça não bastam!

Deixou-me sozinho esperando o elevador e subiu de escada. Como poderia imaginar que um dia se afastaria de mim a ponto de mudar de nome, de fé, de civilização?

Minha própria filha!

Resmungando, desesperado, reclamando comigo mesmo por uma das ruelas vizinhas do Grand

Théâtre — a rua de Hesse ---, descobri, iluminada por dois projetores, a fachada de mármore negro com veios dourados de um edifício que parecia banhado em uma luz amarela. Guardas se postavam de braços cruzados diante das portas de ferro fundido que pareciam um enorme escudo retangular.

Atravessei a rua de Hesse, atraído pelo prédio com a aparência poderosa de um centurião protegido por sua couraça de bronze dourado.

Teria já, naquele momento, discernido as três letras em tamanho grande, também douradas, encimando as portas: W. B.S.?

Sei apenas que parei para ler a placa situada do lado direito da entrada:

WORLD'S BANK OF SUN
Fundador:
Nasir Akhban
1932

Os seguranças se aproximaram tanto, que seus ombros tocaram os meus. O W. B.S., disseram antes que eu pronunciasse uma palavra, não recebia cliente algum sem hora marcada por telefone, e eles eram sempre avisados.

Como não esperavam ninguém, pediram, por razões de segurança, que eu me afastasse.

A seca polidez, o tom rascante, o inglês asperamente pronunciado não encorajavam conversa alguma.

Acho que falei de liberdade, de direitos humanos, e ameacei me queixar à minha embaixada ou às autoridades genebresas.

Sacando um telefone celular, avisaram que chamariam a polícia.

Afastando-me, gritei que eu era livre e que a Europa e a Suíça não eram — ainda! — um reino árabe, uma ditadura islâmica!

Retomaram suas posições diante da porta-escudo e cruzaram os braços como se eu não existisse mais.

E fiquei com a sensação humilhante de ter sido ridículo.

X

Enterrei-me no apartamento por vários dias, cansado e envergonhado da minha pusilanimidade.

Não sabia mais exatamente o que achava e nem o que queria.

Ouvi uma conferência de Malek Akhban e novamente me indignei.

Persuadi-me de haver um plano estabelecido de subversão das cidades do Ocidente, sitiadas por populações emigradas em seus subúrbios convertidos ao islã, instigadas por sermões de imãs integristas que, do mesmo jeito que Malek Akhban, citavam as conclamações de Nasir Akhban ou de Hassan Al Banna para a conquista das terras outrora colonizadas pelo islã.

Tinha certeza de que o World's Bank of Sun financiava esses imãs e as redes que, pouco a pouco, espalhavam sua teia de uma ponta a outra da

Europa, da Andaluzia à Dinamarca, de Sarajevo a Paris, da ilha de Lampedusa a Londres.

Era necessário denunciar tudo aquilo, investigar as atividades e o passado de Malek Akhban e da confraria *Futuwwa*, criada por seu pai.

Junto a isso, li o editorial de um jornalista conhecido, e o tom usado me escandalizou.

Ele, no entanto, exprimia à sua maneira — violenta, extremada, apesar de a linguagem propriamente permanecer clássica — o que eu acabava de imaginar a respeito do poder dessas redes islamitas.

Mas as palavras utilizadas me chocavam.

Estigmatizavam a população no seio da qual germinava "a semente dos depredadores". Denunciavam o "parentesco muitas vezes estranho à nossa língua", "o confinamento e a promiscuidade de gueto", "os chefetes de bando e sua corja", "os terroristas clânicos".

Nada estava errado, mas aquilo, entretanto, me horrorizava.

Via a mim mesmo no espelho do seu estilo, da sua violência, do seu desprezo.

O fanatismo, essa "peste das almas", de fato ameaçava todos nós.

Talvez recusar tal vigor combativo viesse do fato de minha filha se chamar Aisha Akhban e eu, por isso, involuntariamente me solidarizar com aqueles que viviam no que o editorialista denominou "bolsões estagnantes onde fermentam febres nocivas", contagiosas por "espasmos tribais"?

Quem sabe também esse tipo de diatribe, esse ódio cheio de desprezo despertava em mim o filho de emigrado, o siciliano cuja própria avó era apontada como "árabe"?

Talvez fosse até por fidelidade a antepassados que ela não conheceu que Claire, inconscientemente, houvesse tomado o partido desses emigrantes mais recentes, que sofriam ainda discriminação?

Dilacerado, eu próprio não pensava mais nada, como se estivesse incapacitado para apreender o mundo em que vivia.

Durante aqueles dias, a mão fraturada voltou a doer. Pela manhã, não conseguia mais desdobrar os dedos. Um calo ósseo parecia crescer nas articulações.

Escrevia apenas palavras ilegíveis, de tão mal desenhadas as letras, e tinha dificuldade de usar o teclado do computador.

Os gestos eram desajeitados, e o pensamento se desmanchava como algo friável.

Por alguns instantes, estava convencido de o islã constituir uma ameaça para a nossa civilização e acusava Malek Akhban de ter raptado e manipulado Claire.

Poucos minutos depois, o islã se tornava, a meu ver, a religião dos pobres, dos explorados, e Claire tinha se convertido por pura generosidade. Malek Akhban era apenas um hábil pregador exprimindo as frustrações e a miséria das multidões muçulmanas, o seu orgulho ferido. O Ocidente explorador e racista era o único culpado.

Afinal de contas, tendo Claire escolhido livremente, por que querer fazê-la voltar atrás?

Segurava a cabeça com as duas mãos. Tinha a impressão de meu espírito se desmanchar. Talvez já estivesse velho demais para entender o mundo atual?

Minha força de vontade ia pelo mesmo caminho. Fragmentava-se assim que eu achava ter tomado uma decisão.

Queria, de fato, encontrar Claire, ou procurava evitá-la?

Isso dependia de mim apenas, pois já sabia onde morava.

— O senhor certamente conhece a propriedade de Malek Akhban? — perguntara-me Karl Zuber.

Ele tinha me abordado na entrada da universidade, tagarela pretensioso e indiscreto que eu pressentia sempre à espreita, interpretando meus gestos, meus silêncios e até minha indiferença.

— Nunca foi a Versoix?

Inclinei a cabeça.

— Aquele parque, com todas aquelas árvores de essências extraordinárias... Reparou nas palmeiras? A vista a partir do terraço é única. Um verdadeiro castelo, não é? É bem verdade que com 16 filhos... é isso, não é?

Sorri.

— E quatro esposas — insistiu.

Em seguida, desmanchou-se em desculpas: não queria me causar qualquer constrangimento, arrancar nenhuma confidência ou opinião sobre aquela situação.

— É evidente — continuou —, Malek Akhban não vai se divorciar, seria contrário à lei muçulmana, não vai repudiar as esposas. Mas sua filha, tenho certeza, goza de um status particular. A inteligência, a juventude, permito-me dizer, a reputação que tem no mundo universitário internacional, e o fato de ser uma convertida, é claro, fazem dela a esposa-rainha. Era o que Aisha representava para o Profeta. Aliás, fala-se de harém a torto e a direito, sem notar que, no Ocidente, se tornou banal um homem ou mulher se casar pela quarta ou quinta vez. Chaplin, veja só, não era muçulmano e sim judeu, vivendo à beira desse mesmo lago, e quantas esposas teve? Tantas quanto Malek Akhban? Talvez até mais.

Eu queria ir a Versoix? Escrever a Claire? Tentar enviar um e-mail? Marcar um encontro?

Não conseguia escolher, e essa hesitação me causava uma dor lancinante, uma humilhação que me levava a permanecer trancado em meu quarto, para escondê-las.

Mergulhei em leituras, para preparar minhas aulas. Achei, acompanhando o passo das legiões romanas, que me afastaria das minhas obsessões.

Mas percorria, com o exército de César, as margens do Leman. Entrava em Genebra e em Versoix. Não se erguia *limes* algum entre o que eu estudava e a minha vida naqueles dias.

Lembrei-me de já ter ido a Versoix, alguns anos antes, para visitar escavações que haviam deixado à mostra as fundações de várias residências romanas.

Talvez a moradia de Malek Akhban se erguesse sobre as ruínas de civilizações desaparecidas, a lacustre e a romana, com sua presença naquele local anunciando o início de uma outra era. Um período em que, na sucessão dos templos pagãos e cristãos, as mesquitas passarão a receber os fiéis, todos aqueles a quem o medo da morte leva à adoração de deuses, os senhores e mestres do Além.

Os Fanáticos

As aparências mudam, mas o homem continua o mesmo, prisioneiro de suas necessidades, de seus temores e esperanças.

Eu tinha voltado a ler *A guerra gálica*, mas me chamavam a atenção fatos que até então eu deixara de lado.

Vinham iluminados por meus dias e preocupações atuais. César evocava aquilo que eu via, e que todos vivíamos.

Acompanhei os helvécios querendo deixar o país. Eles se reagruparam e sonhavam com as terras férteis do sul da Gália. Incendiaram as suas 12 cidades e 400 vilarejos; queimaram todo o trigo que não poderiam transportar. Era uma forma de se obrigar a partir.

Eram pacíficos, mas determinados.

Pediram audiência a César. Seus embaixadores se curvaram diante do enigmático Cônsul.

"Não havendo outro caminho", disseram eles, "os helvécios gostariam de atravessar a província romana, sem, contudo, causar qualquer estrago. E pedem tal permissão a César."

Foi fácil ludibriá-los, massacrá-los, empurrar os sobreviventes de volta aos escombros das suas cidades, às suas colheitas carbonizadas.

Pensei nas mulheres carregando os seus recém-nascidos, e nos jovens que deixavam as suas aldeias na África e virem até nós, de mãos vazias, com toda a miséria e esperança no olhar.

E nós os rejeitamos.

Seus corpos ficaram pendurados nas barreiras de arame farpado e nas muralhas que erguemos e que eles tentaram atravessar. Cadáveres vieram dar em nossas praias, onde eles tinham como meta desembarcar.

Os sobreviventes se amontoavam por trás das cercas dos nossos campos e ali eles rezavam, virados para Meca.

Complô islâmico contra a Europa cristã ou movimento inexorável, repetindo-se sucessivamente através das épocas, empurrando os pobres, helvécios ou africanos, pagãos ou muçulmanos na direção das regiões que eles imaginavam prósperas e acolhedoras?

A esperança de uma vida melhor, ou de simples sobrevivência, era-lhes a única motivação. E estavam dispostos a tudo abandonar, tudo enfrentar, a correr o risco de morrer pela realização deste sonho: a Europa.

César escreveu, sobre os helvécios: "Seria mais fácil para eles enfrentar os perigos se já não tivessem qualquer esperança de retorno."

A história dos homens é esse rio único e tumultuoso em que, sucessivamente, todas as civilizações desapareceram, submersas pela seguinte.

* * *

Precisava falar com Claire.

Somente depois de vê-la conseguiria ordenar um pouco a minha cabeça.

XI

Passei pelas portas altas em ferro fundido e deparei com um pórtico sombrio e um pátio escuro como um poço.

Tinha a sensação de ter caído numa armadilha.

Hesitei em seguir o guarda, mas, com um gesto amplo, ele me chamou para entrar na cabine do elevador, junto a uma das fachadas do pátio, tão fortemente iluminada que me senti ofuscado.

Somente no momento em que já começava a subir notei que as paredes eram em metal dourado.

Uma secretária de rosto redondo, semioculto pelo véu negro que lhe cobria a nuca e os ombros, me recebeu no quinto andar.

E foi um novo contraste: a iluminação era nuançada, calma, realçando sutilmente os sofás e as poltronas em couro cru, assim como os baús em madeira esculpida. A sala grande se abria para uma passarela envidraçada, em que se viam as luzes das margens do lago e o jato d'água iluminado.

Mal tive tempo de admirar o panorama: no momento em que ia me sentar, Malek Akhban veio a mim sorridente, dizendo — acho — o quanto se sentia honrado em receber o professor Julien Nori, de quem lera vários livros.

— Como não se sentir fascinado pelo Império Romano quem se preocupa com as coisas humanas? É uma das nossas origens comuns, não é? Para além da história, no entanto, é um tema de permanente reflexão para mim. Seu declínio e queda: por qual razão? É claro, li a obra clássica de Edward Gibbon, mas é o ponto de vista de um historiador do século XVIII. Espero que o senhor me esclareça e que tenhamos a oportunidade de debater isso demoradamente. Sou um apaixonado pela Antiguidade tardia, pelo triunfo do cristianismo.

Ele sorriu.

— Já antes de nos...

Estendeu-me a mão e eu a apertei.

Tive a impressão de capitular, pela segunda vez.

Não tinha, de fato, imaginado encontrar Malek Akhban.

Três dias antes, havia enviado um e-mail a Claire.

Os Fanáticos

Fora difícil para mim digitar o endereço: aisha@akhban.com. Várias vezes apaguei, desistindo de enviar. Depois, sem pensar mais, apertei a tecla, retirando rápido o dedo, mas, naturalmente, era tarde demais para trazer de volta as palavras que já haviam chegado a ela:

"Estou dando um curso na universidade de Genebra. Gostaria de encontrá-la. Estou à sua disposição. Um beijo. Seu pai, Julien Nori."

Fiquei ansioso na expectativa da resposta, abrindo de hora em hora meu e-mail.

No início da noite, uma linha, afinal, se inscreveu na tela:

"Senhor professor. Ficarei feliz de recebê-lo na sede do World's Bank of Sun, na rua de Hesse, n°. 12, terça-feira às 19h. Malek Akhban."

Aceitei. Foi a minha primeira rendição.

O escritório de Malek Akhban era amplo, envidraçado como uma passarela. A vista era ainda mais vasta do que na passarela da antessala.

Propôs que eu me sentasse no divã e se colocou à minha frente, do outro lado de uma mesinha em marfim com o tampo e os pés entalhados.

Observei, primeiramente, as mãos muito finas, com a pele bem clara, unhas compridas, dedos longos de pianista, que bailavam em torno de garrafas com suco de frutas e copos de cristal.

Em seguida, ergui os olhos e me senti reconfortado pelo olhar suave e afável, um pouco melancólico, exprimindo tanto sabedoria quanto tristeza, voltado para si, mais propenso à meditação do que à ação.

Os cabelos brancos cacheavam nas têmporas e na parte posterior da cabeça. A testa parecia mais ampla por causa da calvície. Um fino fio de barba, mais escura dos que os cabelos, emoldurava o rosto, realçando o seu formato perfeitamente ovalado.

Malek Akhban era um belo homem, elegante em seu terno escuro, contrastando com a brancura imaculada da camisa de colarinho duro e arredondado, abotoado, mas sem qualquer enfeite ou gravata.

Abriu as mãos em minha direção, com as palmas para cima, com um gesto acolhedor, me incentivando a falar.

Daquela conversa de mais de uma hora, guardei uma lembrança desagradável.

Malek Akhban, no entanto, tinha me deixado conduzir o jogo à vontade. Como no xadrez, eu avancei meus peões e cavalos.

Quase que a cada frase, mencionava "minha filha, Claire..." e minhas preocupações com relação a ela. Sendo pai, ele as podia perfeitamente compreender. Que se pusesse em meu lugar e imaginasse um dos seus filhos se convertendo ao cristianismo, se tornando padre, ou que uma das filhas se casasse — ousei dizer tal coisa! — com alguém sem fé, como eu. Por exemplo, sua filha mais velha, que tinha cerca de 30 anos de idade e era divorciada; se o marido lhe impusesse seu modo de vida, com práticas que contrariassem toda a educação recebida? Ele aceitaria?

Imaginei estar ganhando o jogo. Ao acreditar tê-lo enfraquecido, acrescentei que exigia um encontro a sós com Claire e o quanto estava surpreso, para não dizer escandalizado, que fosse ele a ter respondido minha mensagem. Aceitara vir apenas para protestar.

De novo falei alto: havia leis, na Europa, garantindo os direitos das esposas e proibindo a poligamia.

Adotara um tom quase inconveniente porque Malek Akhban em momento algum me interrompeu. Havia semicerrado os olhos e cruzado os braços. Foram essa passividade e a indiferença com que ouviu meus argumentos que me levaram a aumentar o tom e, exasperado, evocar o processo judicial.

De repente, calei-me.

Não tinha mais peças para jogar: nem bispo, nem torre, nem rainha.

Tinha me deixado cercar como um jogador iniciante diante de um grão-mestre que conhece todas as aberturas e já antecipou todo o desenvolver da partida até o xeque-mate sobre o lamentável adversário.

Malek Akhban primeiro se manteve em silêncio e depois se levantou.

— Por favor — disse, abrindo a porta do escritório.

Balbuciei algo, sem saber como interpretar aquela despedida exageradamente formal.

— Minha esposa Aisha Akhban me pediu que lesse a carta que enviou ao senhor — retomou, com uma voz indiferente. — Foi minha esposa que pediu, após a sua mensagem, que eu o recebesse aqui e ouvisse o que tem a lhe dizer.

Continuei sentado.

— Pelo visto, nada. Eu, entretanto, o respeito não só como emérito professor, mas, antes de tudo, como pai de Aisha. O Profeta ensinou que os pais devem ser protegidos: "Teu Senhor ordenou que se adore somente a Ele e que se seja bom com os próprios pai e mãe."

Ele se inclinou.

— Se precisar de qualquer ajuda minha, de um conselho financeiro, estarei à sua disposição e contente de lhe ser útil.

Os Fanáticos

Eu estava parado à sua frente, na porta do escritório.

— Deveria ler o Corão, surata 17 — recomendou. — Vai compreender melhor a nossa fé e o que significa ser muçulmano.

Enquanto eu esperava o elevador que a secretária já havia chamado, Malek Akhban continuou a meu lado e acrescentou:

— Para nós, que temos fé, mas talvez também para o senhor, professor, o homem tem primazia com relação às mulheres. Eu, contudo, deixo à minha esposa a possibilidade de encontrá-lo a sós, se ela assim desejar, é claro. O senhor é o pai, como eu sublinhei, e deve ser respeitado como tal. O Profeta também disse: "Você, que tem fé, não aceite judeus e nem cristãos como amigos." O senhor não é judeu e, creio estar informado, muito pouco cristão! E é o pai de Aisha. Entre em contato com minha esposa ou comigo. Podemos conversar sobre o declínio do Império: o romano e este outro, o de hoje em dia.

A porta do elevador se fechou e a cabina dourada me levou para o fundo do poço sombrio.

XII

Havia chovido no lago e as águas do Ródano estavam enegrecidas.

Eu tinha a impressão de ter estado preso na penumbra que estagnava no pátio e sob o portão do edifício do World's Bank of Sun.

Já no meio da rua de Hesse, não conseguia me livrar da sensação amarga e humilhante que me tomou quando o guarda, entreabrindo as portas, perguntou, com uma voz que me pareceu irônica:

— Deseja que eu chame o seu chofer, senhor?

Não respondi.

Uma chuva de granizo varria a rua e imaginei os dois vigias abrigados em suas guaridas, me observando com desdém.

Andei com passos decididos pelo meio da rua, contra o vento, até as margens do rio, e depois, em vez de me dirigir para casa, percorri o cais, chegando à beira do lago.

Estava sozinho.

As nuvens tinham descido tanto que engoliram a cidade. A escuridão era rasgada apenas pelos faróis dos automóveis que, de repente, iluminavam o passeio deserto e as ondas vindo estourar no quebra-mar.

Permaneci parado.

Tinha necessidade de sentir a chuva, misturada com granizo e neve, bater em meu rosto, atravessar as roupas, percorrer o corpo, gelar-me a nuca, os ombros, o peito. Patinhei com os sapatos alagados de água.

Devia receber aquela chuva como se sofresse um castigo, era o preço a ser pago pela derrota.

Tinha sido ridículo diante de Malek Akhban.

Ele me forçara àquele comportamento de bárbaro que ignora os bons modos, tropeça nos tapetes, ofusca-se com o ouro a seu redor, e tudo que encontra a fazer é bater com o punho na mesa, pois não sabe como escolher e utilizar os talheres, já que tem o costume de comer com as mãos.

Eu, que me imaginava ciente dos meus direitos por tudo que eu representava, descobri estar despreparado.

Malek Akhban me ouvira com comiseração até me mandar sair, como se faz com um pobre coitado.

O civilizado, o cavalheiro refinado, o vencedor era ele!

Tinha me roubado a filha. Banqueiro e pregador, estabelecera-se no núcleo do nosso sistema, usando-o com habilidade e rejeitando-o, procurando impor a sua lei e a sua fé.

À sua frente, eu não fora senão um incapaz e inseguro representante de uma civilização da qual ele dominava todas as engrenagens, estando certo de poder vencê-la, pois "Alá Akhbar"!

E minha filha tinha se convertido e submetido, por livre escolha!

Era essa a causa e a prova da minha derrota, a fonte da minha humilhação.

Continuei a perambular sob o temporal.

Tinha necessidade de enfrentar o frio, o vento, a chuva, a neve e o granizo.

A cada passada me convencia de que minha derrota e a conversão de minha filha eram inelutáveis.

Deve-se ir em direção daqueles que creem em seus valores próprios e estão dispostos a lutar e a morrer por eles.

Eu, pelo contrário, a vida inteira estigmatizara a civilização e a fé que me tinham sido legadas. Tinha esquecido as "nossas" religiões: a judeocristã e também aquela do progresso e das Luzes.

Pertencia à geração que procurou, fora da sua própria história, razões de viver ou, pior ainda, que se dera como meta derradeira a destruição da sua herança.

E eu tinha, dentro das minhas limitações, participado dessa sabotagem!

Quando a água começou a invadir o calado e a se espalhar pelos corredores de bordo, eu também havia exultado.

E afinal levava-se a pique o navio!

Tinha sido uma galé conquistadora e um galeão que transportara os tesouros pilhados de povos de outros continentes. Tinha sido navio negreiro, com milhões de homens, mulheres e crianças amontoados em seus porões. Tinha sido canhoneira a singrar por todos os litorais do globo, da África à Ásia, impondo sua bandeira, sua lei, sua língua e sua fé.

Mas nos amotinamos e conseguimos abrir no velho casco inúmeras brechas de água.

Essa sabotagem foi efetuada em nome da Liberdade, da Igualdade e da Fraternidade!

Estávamos agora amontoados numa jangada, jogados de um lado para o outro, vendo se aproximarem outras frotas, cujas tripulações ignoram ou simplesmente recusam nossos grandes princípios, ostentando suas próprias auriflamas, exigindo a aplicação das suas próprias leis, ditadas por sua própria fé!

"Deveria ler o Corão", aconselhara Malek Akhban.

XIII

Dediquei-me à leitura do Corão e, desde as primeiras linhas, fui tragado pela densa e poderosa beleza do texto sagrado.

Parei apenas quando a escuridão acabou por cobrir o livro. Endireitei minha postura, bruscamente surpreso com o rumor do Ródano, mais forte desde aquelas chuvas tempestuosas e pelo jato de água que se erguia no horizonte, com um buquê de luzes sobre o lago negro.

Eu não pertencia mais àquele lugar. O Corão me transportara ao deserto atraente das certezas. Era o país e a moradia daqueles que creem e obedecem à palavra do Profeta.

Veio-me à lembrança a surpresa que me tomou quando, numa rua do 20º. arrondissement de Paris, vi as calçadas e até o asfalto tomados por homens diretamente ajoelhados no chão, com as costas dobradas, a nuca inclinada em sinal de submissão às ordens de Deus, sem qualquer espaço para o ceticismo ou para a reflexão.

O próprio livro afirma:

"Eis o Escrito do qual toda dúvida se exclui!"

Promete o "outro mundo", para quem Nele acredita.

Ao mesmo tempo, exalta, preenche e envolve.

À medida que lia, que me perdia no labirinto das suratas, o desespero tomou conta de mim.

Nunca mais traria Claire de volta.

Compreendi como certamente se sentira apaziguada por aquela fé absoluta que nega qualquer dúvida e, com isso, a liberdade, sua companheira.

Várias vezes, durante a leitura, pronunciei as suratas em voz alta, repeti-as, salmodiei-as balançando o corpo para frente e para trás como fazem, ombro a ombro, os alunos das escolas corânicas.

Como eles, quis também aprender de cor o texto, para que me enchesse o espírito e o corpo, para que nada existisse além da fé, da obediência à palavra.

"Alá Akhbar!"

Mas a heresia e a apostasia estavam em mim e, quem sabe, no miolo mesmo da civilização à que pertenço.

Repeti:

"Eis o Escrito do qual toda dúvida se exclui!"

Os Fanáticos

É o livro único a trazer a verdade e do qual se deve conhecer cada frase e clamá-la em nosso interior como oração profunda, quase sem mover os lábios, para que expulse todos os demais pensamentos.

Fiz a experiência.

Tentei me adequar ao comentário de um erudito persa do século IX, Al-Tabari, que escreveu, como aviso a quem se obstinar a controlar o próprio espírito:

"Aquele que se servir apenas do próprio julgamento no uso do Corão, mesmo que alcance a verdade em determinado ponto, estará errado, pelo fato de ter se servido apenas do próprio julgamento."

Procurei me deixar levar pelo texto, às vezes torrente tumultuada, outras vezes rio largo e sereno.

Senti nascer em mim o desejo de obedecer àquela lei exigente e desaparecer na comunidade dos que têm fé, com o gozo da obediência, exaltando minha servidão, sacrificando toda intimidade, todo ego, e aproveitando ao máximo o prazer da submissão.

Mas logo ressurgiram as interrogações críticas. Brotaram em mim com a tenacidade da relva no campo. Lamentei, reprovei tal atitude que me impossibilitava a fusão na fé. Somente ela me impediria toda busca das contradições do Livro e recusaria a exegese e a reflexão individual, suspeitas por utilizar — como escrevera Al-Tabari — "apenas o próprio julgamento".

Mas a tensão entre o que me parecia tentador no livro de fé e o que eu sou me fez compreender com toda clareza, pela primeira vez, o que constitui a essência propriamente da minha civilização e da minha cultura.

Minha fé é pessoal.

Sou um filho de São Paulo e de Santo Agostinho.

Os Evangelhos não ordenam. Eles mostram. Oferecem compartilhando. Deus se fez homem e pregou pelo próprio exemplo, deixando a cada um dos discípulos a escolha pessoal.

Não se mergulha no abismo do esquecimento do seu próprio raciocínio. Ele é fecundado pela fé.

Sou filho, também, de São Tomás de Aquino, aluno de mestre Alberto, o Grande, que deu nome à minha rua. Sou filho de Spinoza e de Voltaire.

Fé e raciocínio. Comunhão pessoal com Deus, esse Deus da carne e do sangue com que me alimento. Homem que recebeu em si uma parte de divindade.

Ajoelhei-me, mas logo me ergui. Minha prece é vertical, e não curvada. Sou um filho da Bíblia, dos Evangelhos e das Luzes.

* * *

Os Fanáticos

Redescobri isso emocionado, mas, pouco a pouco, por ser filho da dúvida e, com isso, da liberdade, recoloquei em questão tudo que acabava de reconhecer como sendo a minha linhagem.

E senti, diante daquele Livro inalterável, ditado pela palavra divina, o quanto eu podia ser vencido.

Claire era a prova viva da minha derrota.

Ela precisara daquela fé que, por preencher todos os vazios, traz paz e segurança pessoais, dando a confiança na Verdade e, assim, na vitória, criando uma hierarquia implacável entre os que creem e os outros, judeus, cristãos, pagãos, apóstatas, que devem ser submetidos e podem ser mortos, caso se rebelem.

Levantei-me para fugir do Livro que me exaltava.

Reconheci nele um daqueles textos antigos — sagrados ou profanos — em que é total a fusão entre o sentido e a palavra, o autor e a frase.

Fissura narcísica alguma os enfraquece. São da ordem da evidência. Um bloco de fé. Diamantes tão puros que não se podem talhar.

O Corão é, de fato, um desses textos fundadores.

Provavelmente, estaria sendo sacrílego se não o considerasse único.

Mas era, para mim, um desses misteriosos meteoritos que vêm do fundo do céu — das profundezas da alma — e batem em cheio na história humana, mudando o seu curso.

E isso me aterrorizava, pois uma fé assim só pode ser conquistadora. Pouco importa o número de fiéis. Como homens que têm dúvida poderiam se opor àqueles cuja crença ocupa o espírito inteiro?
Tremi diante do pensamento que se impôs a mim: para não se submeter, a civilização da dúvida — que é também a da força material — seria obrigada a combater e alguns, em seu interior, concluiriam que a guerra e o massacre são os únicos meios de se resistir, de não ser vencido, dominado.
Mas, matando, a gente se mata.
Precisaria, para arrancar Claire de sua nova fé, matá-la?
Não seria melhor deixá-la livre para acreditar em seu Deus?
Mas tal pensamento exigia que eu deixasse de ser eu, ou seja, que morresse?

Li e reli as suratas em que o Profeta relembra que a força de quem tem fé não reside tanto no número, mas na pureza da fé, no dom que se faz da própria vida a Deus.
"Ah! quantas vezes, pela vontade de Deus, um exército numeroso foi vencido por uma pequena tropa! Deus está com os perseverantes."

Como uma certeza assim, um tal ensinamento poderiam permitir a coabitação pacífica de civilizações tão diversas?

Uma delas, aberta, é corroída pela dúvida, tributo que se paga à liberdade, com cada indivíduo se imaginando um planeta autônomo pertencente, é verdade, ao mesmo universo, mas reivindicando a liberdade de escolha da sua trajetória, rejeitando toda obrigação e qualquer autoridade, seja ela religiosa ou política.

Eu gozo como bem entendo. Penso como bem entendo. Só me ajoelho para mim próprio. A nada nem a ninguém obedeço. Mesmo que reconheça Deus, nem por isso aceito as proibições da Sua igreja. Quero que Ele me absolva de tudo.

A outra civilização, pelo contrário, une uma comunidade de crentes cuja fé é a Pátria sem fronteiras, se estendendo indefinidamente.

Onde um muçulmano vive, sua nação está, e ali se deve aplicar a sua lei. Infiéis desprezíveis e condenados, os nativos locais, qualquer que seja a sua história naquele território, devem se submeter a essa lei.

"Ó vocês que creem, os infiéis não passam de impureza!..."

"Os que não creem nos Versículos serão por nós empurrados ao fogo..."

"Cada vez que tiverem a pele queimada lhes daremos outra para que conheçam o tormento. Deus é Poderoso!"

* * *

Li as suratas sobre o castigo prometido aos infiéis me lembrando da voz de Malek Akhban. Não aquela com que se dirigiu a mim em seu escritório do World's Bank of Sun, desdenhosa, mas esta, usada na leitura dos textos relativos às suratas do castigo, ao pensamento do seu pai, Nasir Akhban, e ao do fundador da confraria dos Irmãos Muçulmanos, Hassan Al Banna.

Li o Corão e foi como se Malek Akhban soletrasse as suratas:

"Vamos moldar roupas de fogo para os que não têm fé, vamos derramar-lhes água fervente na cabeça. Suas entranhas e pele serão consumidas. Para eles as tenazes do inferno! Toda vez que quiserem escapar, tentando fugir do sofrimento, serão empurrados de volta. Que saboreiem o tormento da calcinação!

"Nunca se decretará a morte dos infiéis!

"Nunca lhes será aliviado o tormento.

"Eles hão de gritar: Senhor, deixe-nos sair, queremos nos incorporar à obra fiel, ao contrário do que fazíamos!

"Mas não tiveram vida longa o bastante para refletir enquanto podiam? Foram avisados. Que saboreiem, então!

"Socorro algum para os culpados!"

* * *

Eu era um desses culpados.

Minha civilização inteira.

E não tínhamos direito ao perdão individual, nem coletivo.

Deveria, então, oferecer minha garganta ao cutelo, e que minha civilização fosse obrigada a escolher entre a guerra e a rendição?

Como evitar que esse início de século XXI, já sangrento, em que tantos homens escolhiam morrer para espalhar a morte, em que braseiros ardiam em tantas cidades, não passasse de prólogo quase anódino do que aconteceria?

A ansiedade não afrouxou mais a sua torção.

Para escapar do abismo que via se abrir diante dos homens, cheguei a me alegrar que Claire tivesse escolhido o campo das certezas.

Mas, em momentos assim, tinha vontade de me lançar às águas lamacentas e turbilhonantes do Ródano.

XIV

Deixei o Livro aberto.

Abandonei o Corão sem ter tido coragem de terminar a leitura.

Quis escapar do desejo, que muitas vezes me invadiu, de também me ajoelhar, como Claire, curvar as costas, expulsar todo pensamento do espírito, toda vontade estranha àquela de Deus, e poder desse modo murmurar:

"Claire, vim me juntar a você. Oremos juntos ao mesmo Deus, na mesma casa. Tenhamos a mesma fé. Entre as Suas mãos, voltemos a ser pai e filha. Não apenas aceito o que se tornou, mas o seu Deus passa a ser o meu. Você me guiou até Ele, me fez ouvir a Sua voz. Acredito nesse Deus porque você O revelou. Você me fez nascer. É a filha dando à luz o pai!"

Esse abismo me atraiu, mas tive medo de nele me precipitar e pedi ajuda, telefonei a Max sem nada contar do que estava passando: a angústia, o desespero, a humilhação também, e o fracasso.

Pois havia enviado a Claire, aisha@akhban. com, mais um e-mail, sem obter resposta alguma. E confesso, se Malek Akhban marcasse um segundo encontro, sem dúvida eu compareceria: humilde grosseirão atravessando — e tendo engolido toda vergonha — o grande portão do castelo senhorial.

Mas a tela do monitor permaneceu vazia.

Voltei-me para Zuba Khadjar.

Falei do encontro com Malek Akhban, meu desnorteio, o silêncio de Claire, o efeito provocado em mim pela leitura do Corão.

Oscilava entre a sideração e a angústia. O texto sagrado ao mesmo tempo me fascinava e aterrorizava, exaltava e aniquilava.

De repente, ela exclamou:

— Pare com isso! Que comédia é essa que está encenando?

Sim, é um texto do século VII que centenas de milhões de homens e de mulheres, dos desertos da China aos subúrbios de Paris, das montanhas do Cáucaso às costas do Pacífico leem e recitam; respeitam ao pé da letra, pois foi ditado por Deus a seu Profeta.

— Você acredita ou não acredita: é a primeira pergunta que se deve responder. Eu acredito, sou muçulmana. Você, o que é? O que sente? Gosta de sentir o prazer doloroso, a ferida queimante da indecisão. É o gozo burguês de intelectual ocidental.

Com a voz choramingas (só de lembrar tenho vergonha), falei das minhas preocupações — a guerra entre as civilizações, já começada — diante daquele "Escrito do qual toda dúvida se exclui" e que recomenda ao castigo eterno os judeus, os cristão, os pagãos, os apóstatas.

Zuba me interrompeu e sua voz rouca exprimia mais do que a simples raiva: vinha cheia de desprezo.

— O senhor, caro professor Nori, leu o texto da maneira que quis. Traduziu-o pela semântica das suas obsessões. Aproveitou-se dele para legitimar o seu medo, o seu racismo, a sua angústia de quem tem fortuna, mas treme, sabendo que ela procede do roubo, do saque e da exploração. Não gosta de ouvir a voz dos "miseráveis da terra". Lembra-se do livro de Franz Fanon que falava disso? Pessoalmente, apreendi palavras diferentes das que o aterrorizam. Há de dizer: que exagero! Mas não vejo apelo a jihad algum e nem ao massacre dos infiéis, e sim ao perdão, ao comedimento. E li de uma ponta à outra o grande texto sagrado: para mim é o maior, o mais belo!

Opus alguns argumentos, contradizendo-a com algumas citações. Ela voltou à carga:

— Professor Nori! É o titular da cátedra de história romana e parece ignorar que sempre há várias leituras possíveis para um mesmo texto! Por acaso, sabe o que são os hadith, que constituem a tradição, a nossa suna? Pessoas com fé debateram a respeito dessas narrativas, e uma relação de forças toda vez se estabeleceu entre os comentadores, que eram homens de fé. E vocês, não o professor Nori pessoalmente, mas os grandes estrategistas da política internacional, escolheram como aliados mercenários, dentre todos os muçulmanos, os adeptos da tradição mais radical: os islamitas. E deixam que as pessoas como eu sejam degoladas: os nacionalistas, os progressistas, os democratas, os adeptos da modernidade e que aceitam mulheres com cabelos soltos, com fé e livres. Preferiram os islamitas, os príncipes sauditas, os talibãs afegãos e, durante um bom tempo, os aiatolás, Saddam Hussein e até mesmo Bin Laden! Financiaram os integristas, os terroristas para que combatessem os soviéticos, os comunistas, os nacionalistas, os sérvios...

Várias vezes, ela se interrompeu e eu tinha a impressão de que a raiva a sufocava.

Acrescentou com uma risada sarcástica:

— E agora eles se voltaram contra vocês! Colocaram os escorpiões nas costas e os ajudaram a atravessar o rio. Acharam que eles seriam sensatos e não os picariam, pois com isso também se afogariam? Esqueceram que eles acreditam no paraíso, e morrer tem muito pouca importância; eles lhes injetaram veneno. A morte que querem é a de vocês! E se conseguirem matá-los, a deles próprios se torna gloriosa!

Achei que Zuba Khadjar desligaria, e eu precisava que continuasse a me castigar. Com isso, me afastava do precipício.

— Zuba, por favor!

Ela, de repente, começou a rir.

— Continue a ler, Julien — respondeu. — Mas use outra gramática.

Disse ainda que encontrava de vez em quando, na escada do edifício ou no corredor do nosso andar, a jovem russa que eu deixara em minha casa.

— Saiba, senhor polígamo, que ela nem sempre está sozinha.

Permaneci em silêncio e ela murmurou:

— Também tenho meus dias de escorpião.

— Venha para Genebra! — implorei.

— Genebra? Nunca!

E depois:

— Deixe as pessoas livres viverem como quiserem. Não é a sua filosofia? E também leia o Corão com os dois olhos!

XV

Eu li:

> *"Prescrevemos ao ser humano*
> *A generosidade com relação a seus pais."*

Febrilmente busquei, no "Escrito do qual toda dúvida se exclui", outras suratas, outros versículos que pudessem fazer Claire transigir, pois continuava em silêncio e eu não conseguia deixar de acreditar que um dia a encontraria.

Não esperava mais e nem pretendia que abandonasse a fé que escolhera. Livremente? Quanto a isso já não tinha tanta certeza. E era essa a questão que me torturava.

Fui a Versoix.

No meio da encosta que dominava a cidadezinha e o lago, localizei a propriedade de Malek Akhban.

Era cercada de muros de quase dois metros de altura, e, mesmo subindo pela inclinação do terreno que havia do outro lado da rua, só pude perceber o pico desfolhado das árvores, com seus galhos altos aprumados como lanças.

Acompanhei o muro, dando a volta em redor da propriedade, que me pareceu imensa, e parei diante do portão negro, enquadrado por duas câmaras de vigilância, no alto de colunas de mármore.

Ouvi latidos, o choque de focinhos e de patas contra o portão, e fugi, descendo rapidamente na direção da cidade e do embarcadouro, onde aguardei a barca para Genebra.

Não imaginava, indo a Versoix, ser recebido por Claire. Quis simplesmente me aproximar dela, me assegurar, mesmo que tal ideia possa parecer incompreensível, de que o lugar em que vivia, de fato, existia. Tinha pensado dessa forma acalmar minha aflição e minhas frustrações, mas tudo isso, pelo contrário, se agravou.

Comecei a achar que Claire podia ter sido sequestrada e que estava sendo mantida na residência, da qual eu sequer tinha conseguido avistar o telhado.

Quem ouviria os gritos de minha filha, pedindo ajuda?

Não consegui mais controlar o pensamento. Imaginava Claire drogada, incapacitada, torturada, assassinada.

Saindo da barcaça, fiquei parado no cais do porto de Genebra, pensando se não devia ir a uma delegacia de polícia e registrar uma queixa por rapto, sequestro, maus-tratos e poligamia.

Pouco a pouco, no entanto, recuperei a razão.

Andei devagar, passando várias vezes diante da sede do World's Bank of Sun, e me dei conta do quanto meus receios eram delirantes. Malek Akhban não tinha a menor necessidade da força física para reter Claire. Tinha aquela aura particular que dão o poder, a inteligência, a fé, a riqueza, a notoriedade.

Voltei para casa, retomei a leitura do Corão e, curiosamente, o ritmo obcecante das frases pouco a pouco me acalmou.

Li e reli a 17ª surata, sobre a qual Malek Akhban tinha me aconselhado meditar.

De início, me pareceu exprimir uma sabedoria em ressonância com os textos sagrados das outras religiões. Os versículos me trouxeram de volta a esperança.

Lembrei-me do que dissera Zuba Khadjar. Talvez, de fato, minha primeira leitura tivesse sido tendenciosa, com meu ressentimento desviando o sentido de um texto que, igual aos demais, era cheio de amor e de compaixão.

Era no que eu queria acreditar, lendo o versículo:

"Abra sobre os seus pais a asa da sua deferência e diga com ternura: Senhor, tenha piedade deles como eles, ao me criarem, tiveram comigo."

Imediatamente pensei em enviar a Claire essas linhas, confirmando a ordem do Senhor a seus fiéis, para que fossem "bondosos" com seus pais.

Como podia, assim sendo, negar ao menos um olhar para mim?

Eu somente mendigava o direito de vê-la, de apertá-la contra mim, de preencher, desse modo, o vazio — o abismo: voltava essa palavra — que o seu afastamento, a sua ruptura e conversão tinham aberto entre nós, em mim.

Comecei a copiar o versículo, mas a dúvida me invadiu.

Teria "criado" Claire?

Ou, pelo contrário, a sacrificara ao meu egoísmo, sem nunca me preocupar com o que sentia, com o que a minha maneira de viver — minha "poligamia técnica", meu "harém informal" — a forçava?

Como poderia agora, como um chantagista, me aproveitar do Corão para conseguir um gesto de reconciliação — ou, pelo menos, de piedade — que, até então, ela recusara?

Desisti, desliguei o computador e fiquei imóvel diante da tela escura.

Depois, voltei a ler.

* * *

Quis me persuadir de que Zuba Khadjar tinha razão.

Um versículo ou outro do Corão, inicialmente, me lembrou o tom de certas passagens da Bíblia, à qual ele, inclusive, às vezes, fazia referência.

Li: "O Senhor conhece perfeitamente o fundo dos seus corações, se são puros ou não. Ele perdoa os que se arrependem."

Porém, pouco a pouco, através das suratas, vi se constituir uma moral rude e viril, bem mais orientada por um realismo calculista do que pelo amor ao próximo.

O texto — fiquei decepcionado — fez surgir um senso comum retorcido, sempre ditado pela relação de forças, e não pelo desinteresse, pela generosidade e pela fraternidade.

Li: "Dê ao próximo, ao pobre e ao viajante o que se deve, mas não desperdice, pois os pródigos são irmanados a Satã, e Satã não reconhece o Senhor."

"Não mantenha a mão fechada colada ao pescoço, mas nem por isso deve abri-la excessivamente, você seria criticado e cairia na miséria."

Senti um frio intenso com um versículo se dirigindo aos pais:

"Não matem os seus filhos", recomenda-se.

Achei que em uma civilização em que se pratica o infanticídio, como em todas as regiões e populações do mundo ameaçadas pela penúria, tal exigência do Senhor e do seu Profeta constitui um imenso passo para um sentimento humanitário.

Mas a criança não é preservada por ser portadora, como qualquer ser humano, de uma centelha divina, por ser uma imagem do Deus-homem, sofredor e sagrado, vulnerável e repleto de sentido.

O versículo diz:

"Não matem os seus filhos por temor da miséria. Daremos a eles, como a você, o nosso alimento. Matá-los é um grande erro."

Da mesma forma, um dos versículos seguintes traz um eco do "Não matarás": "Não mate, Deus o proíbe."

Mas, logo em seguida, acrescenta: "Deus proíbe, exceto por uma causa justa."

E admite-se a vingança, guardados os "limites do assassínio", por parte de algum próximo da vítima de um crime de morte.

Onde estão o amor e o perdão, a fraternidade, o desinteresse?

O texto me pareceu fixar limites para o instinto. Enquadrá-lo; mas sem sublimação?

O mundo é como ele é. Por mais experiente, o homem só pode se tornar outro, melhor, se dedicando a Deus, seu Mestre Todo-Poderoso.

Somente assim.

Os Fanáticos

E como Deus é único e jamais passou pelo sofrimento humano, não se trata ali, absolutamente, de se acreditar na bondade, na fraternidade entre os homens.

Há os fiéis — e as demais pessoas. Os conselhos propositados e prudentes do Profeta devem ser seguidos. Ele, porém, fora pessoalmente um conquistador de povos, um Senhor na Terra, um chefe de guerra, esposo de diversas mulheres, administrador de castigos, e não um homem desarmado, nada possuindo além da própria fé, convertendo apenas pela palavra, pelo exemplo e pelo milagre.

Mas concordei em o Livro ser mais complexo do que me parecera à primeira leitura.

Lembra aos que creem que o comedimento deve guiar as suas escolhas.

"Não vá atrás do que não conhece", diz um dos versículos. "Apenas com relação ao que ouviu, viu e compreendeu é que lhe será cobrado."

"Não ande na Terra com insolência, você não pode quebrar a Terra, não pode se igualar em altura às montanhas. Tudo isso está errado. O Senhor desaprova. Esta é uma sabedoria revelada por Deus."

* * *

Fechei o Livro santo.

Para os que creem, cada palavra sua vem de Deus e o Profeta as escreveu ditadas por Alá.

Mas quem, dentre os fiéis, pode ousar ler o texto como obra da mão de um homem que ouviu a voz de Deus, mas, ao mesmo tempo, morou em Meca e em Medina, engajou-se em lutas sociais, combateu determinadas tribos, ordenou o massacre de outras, viveu de acordo com os costumes daquele século VII brutal e sanguinário? Casou-se com uma Aisha que tinha apenas seis anos de idade! Quem se atreveria a tal trabalho de exegese?

Não sendo concebível para alguém da própria fé, que autoridade teria o infiel que se dispusesse a separar, no Livro, o que se remete a uma visão de Deus e o que se enraíza na areia da realidade da época?

Pareceu-me, olhando a volumosa obra à minha frente, não poder surgir, na civilização que ela inspirou, Lutero algum, nem Calvino, nem eruditos críticos que fossem seguidores de Deus sem deixar de ser estudiosos, historiadores e filósofos. Talvez estivesse nisso a armadilha montada para a população de fiéis.

Não se pode manter um distanciamento do Livro para compreender melhor o que ele exprime.

Deve-se apenas crer, aprendê-lo de cor, recitá-lo.

Tudo isso junto formou o seu caráter único, a sua força e também a sua fraqueza.

É um bloco de fé indestrutível, inalterável.

Por isso mesmo, entretanto, a força que torna um conquistador aquele que acredita transforma-se em freio, um peso que o retém, puxando para trás.

Tive a impressão, também, de que aquele Deus, em Sua palavra, não tem expectativas quanto à criatividade do homem. E isso é uma outra limitação. Talvez por pressupor o dom da liberdade?

Deus exige oração e obediência, exclui a dúvida e o pensamento individual. Ele espera do homem exclusiva e absoluta submissão à lei. Apoia-se apenas no instinto e na necessidade, na fé e no temor.

Aflito e até com pavor, percebi a ausência da palavra *amor*.

O Outro não é o semelhante, o igual, aquele ou aquela que se torna, por livre escolha, o "eleito" do coração.

Compartilha-se, ao lado do Outro, a fé, o jejum do mês de ramadã, a peregrinação a Meca, mas o que se deve a ele em particular não é amor, e sim o "quinto pilar do islã": a esmola.

Ora, a esmola não é amor, que é o dom não de um óbolo, mas de si.

Compreendi, então, que fé pessoal, liberdade de pensamento, dúvida e amor, ou seja, escolhas individuais, são uma maneira de "estar no mundo", de viver sua relação com Deus que se encontra nos antípodas do que pretende aquela religião que exige o "abandonar-se a Deus" e o respeito absoluto da Vontade divina.

Existem apenas Deus e a sua lei.

Cada crente é apenas uma parte de um Todo indivisível, a comunidade dos fiéis, fechada em sua fé, regida por sua lei.

E temo que só possa nascer, nesse mundo demarcado, submetido a esse Deus exigente e distante, o reino da força e do medo, ou o do êxtase místico.

Adeus, Voltaire!

XVI

Alguns dias mais tarde, pude medir o fascínio que a fé e a força exercem, o medo que suscitam.

Pressenti isso na maneira como Karl Zuber, deferente e grave, me convidou a assistir a uma conferência-debate de que participaria com o "nosso colega" — "seu amigo, creio" —, o professor Pierre Nagel.

— O professor Nori e agora Nagel: a Sorbonne inteira vindo a nós, modestos e heréticos genebreses!

Inclinou a cabeça, sorriu com sua falsa humildade — que eu detestava e já havia qualificado de jesuítica.

Zuber acrescentou:

— Mas é por Malek Akhban que vêm, tanto o senhor quanto Nagel.

Disfarcei minha comoção, fingindo ignorar que Malek Akhban evocaria, naquela noite no Grand Théâtre, o futuro do islã na Europa.

O tema, prosseguiu Karl Zuber, estava no cerne das reflexões de Akhban, e ele dedicava a isso uma energia e determinação excepcionais, assim como fundos consideráveis. Pois Malek Akhban estava persuadido de que a presença muçulmana no continente europeu é uma das condições para a paz mundial e seria determinante para o futuro da civilização.

— Akhban é um humanista da grande linhagem de Averróis e Avicena. Ele responde a Huntington e a todos os profetas da calamidade, às elucubrações interesseiras com relação ao choque das civilizações, ao fim da História e *tutti quanti*!

Zuber me tomou pelo braço e descreveu sentenciosamente o complô que ele via se armar.

— Emprego de maneira pensada o termo, mesmo sabendo ser excessivo — disse ele —, mas tem o mérito de desvendar as engrenagens da maquinaria americana. O petróleo e, por isso, o controle do Oriente Médio são as suas obsessões. Não querem que se estabeleça um conjunto euromediterrâneo. Querem acertar dois alvos com uma só tacada: colocando os europeus contra os muçulmanos, eles enfraquecem a Europa — é uma primeira vitória: estaremos em guerra, em nosso próprio chão, contra as comunidades muçulmanas — e, assim — segundo sucesso —, com o aliado Israel, estarão com a mão livre entre o Egito e o Irã.

Ouvi, não sem pavor, Zuber retomar as teses mais barrocas, permitindo associar o antiamericanismo ao antissionismo e, na verdade, ao antissemitismo.

De repente, ele parou, lançando-me um olhar inquieto, como se acabasse de se dar conta de ter revelado o fundo enlameado do seu pensamento.

— Mas o senhor, é claro, sabe de tudo isso! — concluiu.

Abaixou a cabeça e, em seguida, explicou que, naturalmente, Pierre Nagel e ele seriam um pano de fundo para realçar Malek Akhban. Era a fala deste último que se aguardava, e o que estava em jogo era tão enorme que deviam ser deixadas de lado as questões de vaidade pessoal.

— Precisamos jogar o ego por cima da cabeça, não acha, caro amigo? — prosseguiu. — Fazendo causa comum com quem, como Malek Akhban, deseja abrir o islã à modernidade, tornando-se o aliado natural da Europa.

Durante um bom tempo, ouvi Karl Zuber ainda expor os riscos reais que assumia Akhban.

Os americanos o tinham como suspeito de querer se contrapor à sua política.

— Que é diabólica — repetiu Zuber. — Eles usam os integristas para explodir a Europa; o objetivo é a balcanização generalizada do nosso continente e do Oriente Médio. Akhban, no entanto, é como Henrique IV antes da última conversão. Ele não chega a dizer "A Europa até que vale uma missa", mas sonha com algo semelhante ao Edito de Nantes entre o islã e o catolicismo. Os islamitas, naturalmente — apoiados pelos Estados Unidos, que empurram para a frente a Arábia Saudita —, se opõem. Sua vida está ameaçada. Posso lhes falar do estabelecimento, em Genebra — e na Europa inteira —, de uma corrente integrista, o salafismo, que preconiza a volta à vida dos ancestrais e a uma prática rigorosa do islã. Pode-se imaginar a regressão, o perigo! Pois bem, esses salafistas controlam um grande número de mesquitas na Europa. O salafismo é o viveiro do terrorismo! Malek Akhban combate a sua influência. É o nosso aliado natural.

Muitas vezes fiquei tentado em interromper Karl Zuber, contestar sua visão do mundo que não era, em essência, diferente da de Huntington.

As civilizações sempre se chocaram, mas num âmbito de alianças renovadas. O Ocidente judeocristão se desintegrava. O islã se associava à Europa católica para se contrapor ao judaísmo, aos evangélicos e ao protestantismo que se exprime no eixo Israel/Estados Unidos. E Zuber segredou que Malek Akhban contava com o apoio dos jesuítas.

— Em Genebra, essas coisas são mais perceptíveis — insistiu.

Ao ouvi-lo, eu tinha a impressão de o mundo ser conduzido por loucos!

Mas deixei-o falar, perturbando-me quando acrescentou que o casamento de Malek Akhban com minha filha representava um ato simbólico maior.

— As mulheres sempre tiveram um papel decisivo na união das civilizações, em sua fusão, na mestiçagem cultural. Pré-nupcialmente, você se deita com determinada identidade, mas se levanta diferente, pois dividiu o mesmo leito e uniu os corpos. A conversão de sua filha não muda o valor emblemático da escolha de Malek Akhban. É a associação — o casamento! — entre a Europa e o Oriente Médio. O pesadelo dos Estados Unidos, dos integristas, e, é claro, dos judeus!

A maneira como pronunciou essa última palavra me deu um frio na espinha.

Zuber, em seguida, acrescentou que Malek Akhban lhe deixara entender que sua mais jovem esposa assistiria à conferência e talvez interviesse.

A emoção e a esperança afastaram a minha indignação.

Quem sabe encontraria Claire no hall do Grand Théâtre, onde eu já estava desde as 20h.

Reconheci, entre os inúmeros seguranças, aquele que me recebera na rua de Hesse, na sede do World's Bank of Sun. Seu olhar mal cruzou o meu, mas uma contração do rosto confirmou todo o desprezo que sentia por mim.

Percorri o hall de cima a baixo, ansioso, persuadindo-me aos poucos de que Claire não estava ali. Com certeza, aguardava, nos bastidores, o início da conferência, na companhia de Malek Akhban.

Com isso me acalmei e pude observar como os rapazes se mantinham afastados das moças usando o véu.

Ninguém elevava a voz, como tantas vezes acontece quando a multidão se comprime diante das portas ainda fechadas de uma sala de espetáculo.

Movimentei-me entre os grupos e percebi Pierre Nagel a perorar.

Ouvi-o proclamar que o encontro entre o Islã e a Europa não podia ser apenas um casamento de interesses, mas simplesmente uma união sagrada. Isso, aliás, já vinha se cumprindo desde o século VIII e ele tinha a intenção, naquela noite, de insistir nesse ponto. A Europa e o Islã tinham se constituído juntos pelo confronto, é verdade, mas não é como nascem as culturas comuns?

Ele me viu, veio em minha direção, de braços abertos, se desculpando por não ter me prevenido da sua vinda, mas tinha certeza de me encontrar ali. Além disso, tinha estado muito ocupado: comprando charutos de Havana e revendo uma velha amiga...

Deixou entender que isso era apenas maneira de falar, pois a tal estudante demonstrava qualidades intelectuais notáveis. Deu uma risada:

— Caro Nori, temos com os nossos amigos muçulmanos o gosto pela poligamia. Como você chamava isso? "Poligamia técnica?": excelente definição!

Felizmente alguém o chamou e eu pude me afastar, entrar na sala, sentar-me na última fila, em uma poltrona de ponta, no corredor central.

Vi, desse modo, passar perto de mim e tomar lugar aquela multidão da qual tinha estado a observar o comportamento.

Os rapazes e moças muçulmanos se colocaram de um lado e de outro do corredor. Tinham uma atitude reservada. Cochichavam, olhavam direto para a frente. Pareciam estar em algum edifício religioso, esperando a pregação do imã.

Esse comportamento contrastava com o dos estudantes e professores da universidade de Genebra, que compunham um público mais febril. Lembraram-me as manifestações de extrema esquerda dos anos 1970-1980 de que eu tinha tão frequentemente e tão cegamente participado.

Os atuais "camaradas" se abraçavam e só abaixavam a voz quando passavam, rente a eles, jovens encobertas pelo véu, às quais eles cediam passagem, respeitosos e tímidos, retomando em seguida suas ruidosas conversas. O islã, para eles, talvez representasse a sedução de uma ideologia revolucionária, já que todas as que percorreram o século XX haviam decaído.

Depois surgiram os combatentes do jihad, os mujahidin. Tinham se levantado contra o imperialismo, o colonialismo, e continuavam, hoje em dia, a guerra santa contra os Estados Unidos.

Podiam representar a vanguarda dos pobres do Sul, explorados e pilhados. E a religião que tinham, exigindo obediência e disciplina, tornando todos os homens iguais perante o Deus único, provavelmente seduzira os espíritos em busca de absoluto, sempre dispostos a adorar um Guia, a seguir um Profeta.

Relembrei um filósofo comunista de quem eu, na época, folheara um livro intitulado *Dieu est*

Os Fanáticos

mort. Depois, esse mesmo Roger Garaudy, doutor pela universidade marxista-leninista de Moscou, se converteu ao islã, tendo sido seminarista na juventude. Prosseguiu, incluindo algumas palavras novas, sua luta tenaz contra "o imperialismo americano e seu lacaio Israel"!

É um percurso estranho que me incomodava muito pelo fato de o islã ser bem mais do que uma ideologia: é uma religião exigindo submissão e sacrifício.

O fanatismo dos revolucionários, de repente, me pareceu infantil, em comparação àquela fé que associa a disciplina totalitária de um partido ao absoluto da crença em Deus.

A sala estava cheia.

A fileira de poltronas em que eu me sentara em uma das pontas tinha estado vazia um bom tempo, mas depois, pouco a pouco, homens com rostos acinzentados e olhar cansado, com roupas escuras a vestir seus corpos pesados, tomaram lugar ao meu lado. Provavelmente eu me parecia com qualquer um deles.

Éramos velhos sensatos e que tínhamos vivido tantas experiências, acreditado em tantos deuses, que vimos, em seguida, caírem dos seus pedestais. Tínhamo-nos tornado céticos, homens da dúvida, mas guardando ainda alguma curiosidade.

Formávamos, então, no fundo da sala, um grupo à parte.

Meu vizinho, um sujeito magro, com os olhos profundamente afundados nas órbitas, inclinou-se em minha direção, ao se sentar, e se apresentou em voz sussurrada como advogado e escritor, se chamando Albert Weissen. Do mesmo modo, declinei meu nome.

Ele balançou a cabeça.

— Professor Nori... — disse ele. — Roma, seu comentário sobre *A guerra dos judeus*: notável! A personalidade de Flávio Josefo, que compôs ali a sua obra-prima, é enigmática. Uma vida de traições, mas que, ao mesmo tempo, constitui um ato de fidelidade a seu povo! Trair para que se mantenha a tradição, para evitar que seja inteiramente exterminada. Aceitar o devido opróbrio, sem se dobrar no que é essencial; manter a fé judaica viva, após a destruição do Templo. Foi uma figura que me marcou muito. A sobrevivência a qualquer preço não seria a verdadeira fidelidade às origens? Conflito terrível, não é?

Debruçou-se em minha direção e confirmou ser judeu, como era óbvio.

— Mas agora, é preciso se definir...

Não me atrevi a dizer que era católico e respondi:

— Francês.

Weissen sorriu:

— República, laicidade, liberdade, igualdade: um ideal bem ameaçado, não é?

Karl Zuber veio me chamar para a primeira fila, reservada às personalidades.

— Todos que têm importância em Genebra e diria, inclusive, na Suíça estão aqui: professores e banqueiros. Malek Akhban tem público. Há também muitos muçulmanos que vieram da região de Lyon.

Zuber apontou ainda para três equipes de televisão — suíça, francesa e, por último, qatariana — que se tinham instalado num dos camarotes.

— Os discursos de Malek Akhban têm uma repercussão mundial — prosseguiu. — Ele intriga, atrai e inquieta. É um herdeiro. Apoia-se no que Nasir Akhban lhe deixou, o World's Bank of Sun, mas também nas estruturas da confraria *Futuwwa*. Deve sua notoriedade, porém, à sua aura pessoal, à coragem, à extensão da sua visão prospectiva. Ele ousa chamar as coisas pelo nome próprio.

Colocou a mão em meu ombro.

— E é seu genro! Malek Akhban, genro do professor Nori! É algo que prefigura a evolução de nossa comum civilização!

Detestei que estivesse falando tão alto; meu vizinho certamente o teria ouvido.

Não respondi a Karl Zuber e ele continuou, insistindo na necessidade que tínhamos, na Europa, de Malek Akhban. São tantos os inimigos poderosos, incendiários, que não podemos rejeitar um aliado em potencial e querendo nos ajudar a apagar o fogo!

Em seguida, gaguejou uma desculpa e se precipitou para o palco que acabava de ser iluminado, enquanto a sala do Grand Théâtre mergulhava na escuridão.

XVII

A primeira a entrar foi uma jovem mulher usando véu, e tive a impressão de meu peito se dilacerar, tão profunda foi a dor que me atravessou, do coração à garganta.

Mas não era Claire, e meu sofrimento se tornou ainda mais forte.

Fechei os olhos e só voltei a abri-los quando cessaram os aplausos. Fiquei fascinado com a encenação feita, toda ela realçando a força.

Malek Akhban estava sozinho, de pé e ereto, com os braços esticados e as mãos apoiadas numa tribuna com o seu nome em letras árabes e romanas.

Mais atrás, sentados, a jovem e um rapaz de traços finos, realçados por um fio de barba, usando um gorro e uma túnica branca. À esquerda, posicionados, os professores Pierre Nagel e Karl Zuber.

Como personagem central, Malek Akhban abriu a sessão com algumas palavras, entre as quais deixava um amplo espaço a ser preenchido pelos aplausos:

"Diálogo aberto..." — aplausos — "Dignidade e respeito pelo Outro..." — aplausos — "Necessário reconhecimento das diferenças..." — aplausos — etc.

Em seguida, se voltou àqueles que foram por ele designados como "quatro testemunhas de boa fé", dando a palavra, primeiramente, a Pierre Nagel, que, com uma voz que se pretendia entusiasmada, evocou "os encontros frutuosos que, desde as origens, fizeram da Europa o terreno único do mútuo enriquecimento de cada sociedade".

Nagel prosseguiu em tom humilde, propondo aos europeus e, antes de tudo, aos compatriotas franceses o "doloroso trabalho de memória que deve rever os crimes cometidos em nosso nome contra os povos muçulmanos que oprimimos, martirizamos, tentando inclusive extirpar-lhes a própria fé...".

Falou sem sequer ter sido convidado a se levantar, inclinado para a frente, com os antebraços apoiados nas coxas, segurando o microfone com as duas mãos, sem olhar a sala, como se estivesse envergonhado.

Em seguida, Malek Akhban interrompeu os longos aplausos que se seguiram ao apelo de Nagel à contrição e ao arrependimento e, com um sinal, pediu à jovem mulher que viesse falar à tribuna.

Tinha a voz vibrante, o corpo tenso, o olhar direto e violência nas palavras.

Fustigou o Ocidente corrompido que tornara a mulher um objeto sexual e que, a pretexto de libertá-la, submeteu-a a perversões. Imaginei que as frases podiam ter sido escritas por Claire. Pareciam uma continuação amplificada daquelas que minha filha me escrevera, na carta cuja lembrança me torturava.

"Olhem a publicidade", continuou a jovem, com uma voz aguda, "olhem aquelas mulheres e olhem a mim, olhem minhas irmãs! Onde se exprime melhor a dignidade da mulher: em nós que queremos manter o véu, ou nessas que são obrigadas a mostrar, a vender, a alugar os seus corpos? Infelizes que se tornaram mercadoria e se gabam de ter passado pelos braços de várias centenas de homens! E os livros em que contam as suas vidas recebem prêmios e são vendidos em dezenas de milhares de exemplares! É o que nos querem impor? Sejamos fiéis, irmãs, às nossas regras, respeitemos nossos corpos e nossas vidas, sejamos puras! Melhor morrer do que sofrer tal decadência...".

Depois foi a vez do rapaz --- banal — e, em seguida, Zuber, tão servil quanto fora Nagel, para finalmente, por último, tomar a palavra Malek Akhban.

Olhei os rostos de Nagel e de Zuber a exprimirem completa submissão, ouvindo-o declarar, com a voz calma, que na Europa os muçulmanos eram apenas uma minoria em número, mas que se tornavam maioria se considerados os princípios e os valores que defendiam, representavam e sustentavam.

Meu vizinho, Albert Weissen, inclinou-se em minha direção:

— É a ideia central, o eixo em torno do qual todo o restante se organiza. A minoria muçulmana forma maioria porque sustenta a verdade, a única religião! Devemos aceitar a sua lei, pois o islã é mais do que uma religião: é um conjunto de regras jurídicas, de costumes. O islã tem a vocação para o governo, pois ele é a verdade. A atual situação, em que essa maioria particular não é reconhecida, é apenas transitória.

Weissen não pode ter deixado de perceber que suas observações sussurradas me incomodavam, impedindo que ouvisse o que dizia Malek Akhban, mas nem por isso se calou:

— Não tem mais o que se ouvir! Todo o restante não passa de floreio, maneira de dissimular o objetivo: fazer da Terra inteira uma terra do islã.

Após alguns minutos, pedi secamente que se calasse e acrescentei não concordar com suas conclusões.

— Cale-se, por favor, detesto fanáticos! — murmurei.

Ele não pareceu se espantar e nem ficar chocado com o que ouvira.

— Se o medo de ver a verdade não o cegar — retomou Weissen —, se não escolher se submeter à força, um dia vai concordar com minhas conclusões. Talvez, porém, seja tarde demais. Meu pai deixou a Alemanha, em 1933. Em Paris, encontrou Léon Blum e alguns outros políticos franceses. Ninguém acreditou nele. É a antiga lenda de Cassandra. Malek Akhban está dentro do cavalo de Troia, no interior da cidade.

Levantei-me e saí da sala, atravessando o hall sob o olhar desconfiado da vigilância. Dando a volta no edifício, descobri a saída de emergência que dava para o estacionamento, onde havia vários automóveis.

Achei que Malek Akhban usaria aquela passagem para deixar o teatro, e se Claire o tivesse acompanhado, seria uma ocasião única para vê-la e me dirigir a ela.

* * *

A rua estreita parecia deserta.

Enfiei-me no recuo de uma porta, diante do estacionamento.

Ouvi os aplausos ritmados se prolongarem.

Quando voltou o silêncio, saí da penumbra e me dirigi aos automóveis.

No momento em que ganhava a calçada, fui agarrado por dois homens que eu não tinha percebido se aproximarem e haviam surgido do escuro, silenciosos e brutais, me imprensando contra o muro. Um me manteve com a palma da mão a boca fechada e o outro me revistou, enquanto me torcia o braço.

Tentei me desvencilhar daqueles corpos sem rosto e sem voz, e depois eles me empurraram à frente deles. Caí desajeitado e gritando, pois bati com a mão quebrada no meio-fio da calçada: foi como se todas as dores passadas invadissem de novo a palma da mão, o braço, o ombro e a nuca.

Gritei de dor e de humilhação. Mal consegui sair rápido o bastante da rua para não ser atropelado por dois carros que acabavam de deixar o estacionamento do Grand Théâtre e já ganhavam velocidade.

Nem pude fechar o punho e gesticular na direção dos vidros escurecidos.

XVIII

Examinei minha mão deformada.
Tive dificuldade para pegar e depois folhear o jornal que havia colocado sobre as pernas. Fui obrigado a ajudar com a mão esquerda, o que até então evitava fazer, como se quisesse negar a fratura, reaberta, da mão direita.

Insistia em não procurar um médico.

Prendi o jornal com o cotovelo e afinal consegui ver a foto de Malek Akhban, anunciada na primeira página, que o mostrava no palco do Grand Théâtre, no final da conferência-debate.

A seu lado, uma jovem cujo fular ajustado escondia os cabelos e o pescoço, dando ao rosto uma aparência redonda de boneca. Era Claire, resplandecente e orgulhosa, de cabeça erguida e o olhar cheio de admiração pelo velho marido Malek Akhban.

Girei a mão dolorida: os dedos em gancho eram o sinal, a demonstração da minha impotência.

* * *

O jornal escorregou das minhas pernas e ficou aberto no tapete. Debrucei-me e li o título que acompanhava a foto:

MALEK AKHBAN: a abertura para os cristãos

Quis pegar o jornal, mas tive dificuldade para me abaixar.

Pareceu-me que o corpo nunca tinha estado tão dolorido, com os movimentos tão presos, como se as pancadas recebidas dois dias antes acabassem de ter sido dadas.

Consegui alcançar o jornal no momento em que o advogado Albert Weissen entrou na sala de espera e me fez sinal para que eu entrasse em seu escritório.

Hesitei, recoloquei o jornal na mesinha de centro, dobrado, querendo fazer desaparecer a fotografia de Claire, feliz ao lado do homem que encarnava a força, a convicção, o sucesso, a notoriedade e a fé.

De repente, pareceu-me inútil aquela tentativa minha de procurar Albert Weissen: como poderia dar queixa das pessoas que me agrediram sem sequer lhes ter visto o rosto e nem ouvido a voz? E como, nessas condições, implicar Malek Akhban?

Bastara-me aquela fotografia, ver minha filha apaixonada, para imaginar que, se acusasse Akhban de poligamia, ela testemunharia a seu favor, demonstrando sua total liberdade no ato. E podiam ainda processar a mim por difamação etc.

Olhei Albert Weissen que tomara a dianteira, cedendo passagem à entrada da sua sala.

Ele sorriu e meneou a cabeça, fazendo um gesto interrogativo com o queixo.

É sempre melhor ter alguma dúvida quanto a levar alguma causa à justiça, disse ele.

Mas eu não devia me preocupar, não estava me comprometendo com coisa alguma.

Disse estar contente de me encontrar para conversar, trocar algumas ideias, por que não? Não me cobraria uma consulta! Via a situação como um encontro de amigos.

Afinal, não tinha sido ele a tomar a iniciativa de se apresentar, na antevéspera, no Grand Théâtre?

Com um gesto apenas esboçado, propôs que me sentasse.

— Não fui muito bom vizinho, não é mesmo? Devo tê-lo incomodado com minhas observações.

O escritório tinha as paredes cobertas de estantes com livros encadernados: longas séries com lombadas negras, interrompidas por outras de couro castanho ou carmim. Os livros eram também o meu ambiente, o meu universo. Isso me tranquilizou.

Weissen me observava, com as sobrancelhas erguidas.

Mais uma vez impressionaram-me os seus olhos grandes, mas profundamente enfiados nas órbitas proeminentes. O rosto era ossudo, dando uma impressão desarmônica, quase uma desordem de traços, com o lado esquerdo meio desequilibrado em relação ao direito, o olho esquerdo menor, escondido na profundidade óssea.

No entanto, em momento algum pensei em "feiura", e sim em personalidade forte, determinada, como se aquele rosto fosse uma dessas assinaturas angulosas sublinhadas por um traço ascendente.

— Malek Akhban... — murmurou Weissen.
Alisou o queixo.
— Sua queixa por agressão, pensei nisso após seu telefonema, não se sustenta, o senhor bem sabe. Quanto à sua filha... Procurei me informar. Ela segue suas ocupações próprias de forma visivelmente livre. Limusine, motorista, guarda-costas... É apenas mais uma rica moradora de Genebra. Por que um tribunal a obrigaria a encontrá-lo? A demanda será rejeitada e vão condená-lo às custas.

Os jornais vão mostrá-lo como um pai com ciúmes de um marido admirável e concluirão que é um islamofóbico, negando à filha o seu livre-arbítrio. Em Genebra, é uma noção que tem sua importância. Não imaginou que sua filha pode...
Interrompi-o. Tinha, de fato, pensado na possibilidade de que se pusesse contra mim.

Apoiei-me nos braços da poltrona e esbocei um movimento para me levantar.

Albert Weissen estendeu o braço, me interrompendo.

— E se falássemos do senhor seu genro?

Permaneci algum tempo a meio caminho entre estar sentado e de pé, depois tive a impressão de me faltarem forças e caí de volta na poltrona.

Fechei os olhos.

Ouvi o que disse Albert Weissen.

Segundo ele, Malek Akhban era um homem dotado de inteligência sutil, dono de arguta consciência no referente à nossa sociedade e às relações de força que a estruturam. Seduzia um, fazia alguma doação, convidava outro a vir a sua casa. Tinha a habilidade e a lucidez de um cirurgião e uma fé absoluta, que afastava dele qualquer hesitação e qualquer escrúpulo.

Weissen se levantou, saiu do escritório e voltou com o jornal que eu havia desmantelado.

Começou a ler a entrevista dada por Malek Akhban após a conferência.

Akhban demoradamente citou a surata 5: "Você há de achar que as pessoas que dizem: 'Somos cristãos' são as mais próximas, por amizade, dos que têm a fé. Porque entre elas há padres e monges, pessoas que não se inflam de orgulho... Quando ouvem o que se fez ao Apóstolo, vêm-lhes lágrimas aos olhos, por tudo que sabem de verdadeiro. Há de ouvi-las exclamar: 'Senhor! Nós acreditamos! Inclui-nos entre as testemunhas.'"

— Entendeu isto? — exclamou Weissen. — E o jornalista concluiu: "Malek Akhban sublinhou que, segundo o Profeta, os cristãos são os mais próximos amigos dos muçulmanos: uma lembrança decisiva!"

O advogado bateu com a palma da mão na escrivaninha.

— Isso é verdade, em parte. Pois a surata 5 especifica que "os mais hostis aos que têm a verdadeira fé são os judeus". Desse modo, eles começam por separar judeus e cristãos! E, na mesma surata, pode-se ler, mas Akhban evitou mencionar isto: "São ímpios os que disseram: 'Alá é o terceiro de uma tríade.' Só há divindade se for única. Se não derem fim a esta afirmação, estes que se revelam ímpios sofrerão um cruel tormento." Judeus e cristãos, então, caro professor Nori, todos somos considerados infiéis e relegados ao status de inferiores, tolerados, mas condenados ao inferno, "pois Alá não perdoa que o associem a outros... Quem quer que associe Alá a outros comete um imenso pecado".

Weissen se debruçou, com os antebraços apoiados na escrivaninha:

— Que importância isso tem? Cada religião possui sua própria lógica, mas Malek Akhban dissimula a realidade sem, contudo, mentir, apenas por omissão. Ele tem um objetivo estratégico. Ele não pode, como outros pregadores, lembrar que o Profeta estipulou: "Alá há de eliminar os infiéis." Ele precisa de aliados no campo que quer conquistar, personalidades do tipo que Lenin denominava "idiotas úteis", como os queridos professores Nagel e Zuber, fascinados pela força e paralisados pela covardia.

Weissen, mais uma vez, se levantou e pegou um livro no alto de uma pilha deixada diretamente no chão e encostada numa estante.

Veio de novo em minha direção e continuou:

— Leia Sayyid Qutb, um dos mestres não declarados de Malek Akhban; ele certamente o coloca no mesmo patamar que o seu próprio pai. Nasir Akhban, porém, já nos anos 1930 era um estrategista, enquanto Qutb, Irmão Muçulmano, foi antes de tudo um pregador aguerrido que ousava dizer: "Existem dois partidos no mundo, o de Alá e o de Satã; o partido de Alá se coloca sob o estandarte de Alá e apresenta as suas insígnias; e o partido de Satã engloba todas as comunidades, grupos, raças e indivíduos que não estão sob o estandarte de Alá." E também: "Não há governo senão o de Deus, não há legislação senão a de Deus, não há soberania de quem quer que seja sobre quem quer que seja, pois toda soberania vem de Deus." É bastante claro, não é? É o absoluto no totalitarismo. Por enquanto, porém, não se pode falar assim na Europa. Aliás, nem mesmo nos países islâmicos! O presidente egípcio Nasser mandou enforcar Qutb. E os Irmãos Muçulmanos, os membros da Al-Qaida são perseguidos, executados. Isso mostra como os muçulmanos se eliminaram. Mas inclusive os fiéis mais moderados têm a ideia formada da existência de dois partidos, e de apenas dois: o de Alá e o de Satã.

Weissen voltou a se sentar à escrivaninha.

— Caro professor Nori, mesmo não querendo, o senhor está do mesmo lado que eu. Não gosta de ser manipulado nem confrontado, e não tem uma alma servil, de colaboracionista. Também não é um delator.

Calou-se por um longo espaço de tempo, deu um suspiro e continuou:

Os Fanáticos

— Bem sei, são palavras que lhe parecem datadas e pertencendo a um outro século. Mas eu passci, quando era criança, por perseguições antissemitas. Desde então, comecei a me interessar pela história do nazismo. Havia nazistas corretos, corteses, diplomatas e controlados. O embaixador de Hitler em Paris, senhor Otto Abetz, era um homem que circulava à vontade pelos salões parisienses, era muito apreciado, estimado nos meios intelectuais em que as pessoas davam de ombros quando se citava *Mein Kampf*. Por que levar a sério o que não passava de texto de propaganda para atrair e enganar o povo? E, aliás, Hitler tinha se livrado dos mais grosseirões, dos seguidores mais fanáticos, dos membros das Seções de Assalto, que eram uma espécie de mujahidin do nazismo. Foram liquidados na Noite das Facas Longas! Assim como Stalin dera fim aos primeiros bolcheviques. Os totalitarismos, Nori, o senhor sabe, têm histórias que se parecem. Tenta-se filtrá-las ao máximo, mas nunca deixam de ser uma organização fanática, defendendo a ideia de haver apenas dois campos: o de Stalin, de Hitler, da Verdadeira Fé e, do outro lado, o outro, o dos opositores, dos trotskistas, dos judeus, dos cristãos, dos infiéis, dos apóstatas...

* * *

Passara a ouvir Weissen da maneira mais interessada, prestando toda a atenção.

Tinha a impressão de haver pressentido o que ele expunha, de ser da ordem da evidência tudo aquilo, mas que eu teria sido incapaz de formular.

De repente, Weissen se interrompeu, olhou-me como se acabasse de me ver, apesar de estar falando comigo há mais de uma hora, com toda eloquência.

Pareceu estar cansado, quase indiferente, como o advogado que, ao terminar sua defesa, olhasse o juiz e o júri com ceticismo e algum desprezo, quase com repugnância.

Deixou, sem qualquer gesto para me reter, que eu dolorosamente e me contorcendo me levantasse da poltrona em que estava sentado.

Achei que sequer me acompanharia à porta.

Fiquei de pé, hesitante e murmurando: "Muito interessante... exato, é verdade, muito exato..."

Não sei se me ouvia.

Levantou-se, afinal, e passou por mim, como se tivesse toda pressa de abrir as portas e dar fim àquele encontro do qual parecia se arrepender, como se houvesse inutilmente gasto energia por uma causa já cem vezes defendida.

— Eu falo, falo — disse ele com uma voz sarcástica. — E também escrevo. Ouvem o que digo e me leem. Malek Akhban, o Otto Abetz do islamismo?

Às vezes zombam, outras vezes aplaudem. Mas isso não muda nada.

Balançou a cabeça.

— Estou nesse processo desde criança, caro professor Nori. Mas não sei exatamente quando nasci: na época de Flávio Josefo e da destruição do Templo de Jerusalém por Tito, ou no ano em que o senhor Hitler publicou *Mein Kampf*? A menos que tenha sido mais recentemente, quando lincharam e degolaram dois soldados israelenses diante da câmara de um jornalista judeu-americano? Ou quando torturaram até a morte um jovem judeu em Paris?

Já na saída, segurou meu braço.

— Minha filha é médica em Israel — murmurou.

Depois, após um longo intervalo, acrescentou que gostaria de me rever e conversar sobre tudo aquilo: as Seções de Assalto, o jihad, Malek Akhban e os islamitas.

— A História é, antes de tudo, um negócio humano, não é? E como os homens mudam muito pouco, se é que mudam, as situações, há milênios, se reproduzem. Há sempre um Flávio Josefo, um Otto Abetz, um Malek Akhban — e pais que se preocupam com as suas filhas...

XIX

nossas filhas, Esther Weissen e a minha Claire, atual Aisha, eram o nosso sofrimento comum.

Apesar disso, jamais falávamos delas ao nos encontrarmos, duas vezes por mês, num restaurante da cidadezinha de Hermance, na margem oriental do lago Leman, a uns 15 quilômetros ao norte de Genebra.

Albert Weissen tomara a iniciativa do primeiro encontro.

Ele me telefonou já no dia seguinte da minha ida a seu escritório.

Desculpou-se pelo cansaço que, bruscamente, o tinha arrasado, pela maneira um tanto brusca com que nos tínhamos despedido e por sua tagarelice também. Como, sem dúvida, eu havia percebido, ele era um obsessivo. Sentia-se indesculpável, mas, como advogado, pleiteava por circunstâncias atenuantes.

Convidou-me para o restaurante *Le Mestral*, que tinha o nome da residência dos senhores de Hermance.

Disse gostar muito daquela localidade, cheia ainda de vestígios medievais.

— É a História que nos constrói — concluiu —, e gostaria de conversar sobre esse assunto.

Fui o primeiro a chegar. Caminhei pela borda do lago, num plano mais baixo do que o do terraço do restaurante.

Era um dia claro, e eu, nitidamente, podia distinguir, na outra margem, na direção sul, o porto de Versoix, o embarcadouro e até mesmo tive a impressão de ver o muro circundando a propriedade de Malek Akhban. Mas a casa, propriamente, se escondia por trás das árvores.

Fiquei paralisado como se me houvessem lançado um feitiço e nem sequer ouvi Albert Weissen se aproximar. Quem sabe já estava ali há vários minutos, antes que eu me virasse em sua direção? Olhamo-nos sem nada dizer, gravemente.

Em todos os nossos encontros houve momentos como aquele, de silêncio, em que ambos sabíamos que a lembrança das nossas filhas nos esmagavam.

Os dois, então, esperávamos que Esther e Claire se afastassem e nos deixassem retomar a conversa.

Em geral, era Albert Weissen o primeiro a falar. Comia muito rápido, e mal eu começava o meu prato, ele já havia terminado o seu, empurrando a louça e puxando dos bolsos dezenas de pequenos pedaços de papel amassado, que colocava à sua frente.

Empurrava alguns em minha direção.

— Guarde isto, Nori, é o endereço de Rudolf Groener, em Friburg; ele sabe tudo sobre as relações do pai de Malek Akhban com os meios nazistas antes e durante a guerra. É um homem já idoso que se parece com o escritor Ernst Jünger; os dois, aliás, se conheciam e se apreciavam. Groener considera Jünger o mais hábil e perspicaz dos alemães que ele já conheceu. Um verdadeiro nacionalista, ligado aos nazistas, mas que conseguiu impressionar bem os franceses. François Mitterrand o visitava regularmente, e isso divertia muito Groener, mas sem surpreendê-lo: afinal de contas, Mitterrand fora admirador do marechal Pétain, por que não seria de Jünger?

De início, essas digressões de Albert Weissen me irritavam, mas percebi que aqueles percursos aparentemente dispersivos tinham um sentido.

Levava-me por um labirinto que apontava para Nasir Akhban e para os dirigentes do Reich.

Durante cerca de 10 anos, a partir de 1934-1935, estreitos laços se estabeleceram entre certos islamitas — Nasir Akhban e outros da confraria *Futuwwa* — e os nazistas. Weissen, inclusive, estava persuadido — mas não tinha provas — de que uma parte dos fundos que permitiram Nasir Akhban fundar o World's Bank of Sun vinha de Berlim. Contou que Groener até hoje ria ao lembrar como, com outros diplomatas e agentes alemães, ele participara de um jogo maquiavélico: tinham um acordo com a Agência Judaica para a transferência de judeus da Alemanha para a Palestina. Esse pacto, denominado *Haavara*, permitiu aumentar sete vezes, em três anos, o número de imigrantes alemães. Tal ação incomodava os ingleses, enlouquecia os árabes, mas gerava somas consideráveis para a Alemanha, pois cada "transferência" se pagava a fortíssimo preço. E o dinheiro serviu para financiar organizações muçulmanas hostis tanto aos ingleses quanto aos judeus!

Nasir Akhban teve um importante papel em toda essa operação. Estava ao lado de Haj Amin el-Husseini, o mufti de Jerusalém, em sua viagem a Roma e a Berlim, convencido da necessidade de uma guerra santa contra os ingleses. Groener tinha, na época, aconselhado o término da política das "transferências" e o total engajamento no apoio aos movimentos árabes.

Foi Groener quem preparou o encontro do mufti com Hitler. Nasir Akhban estava presente. Os atos de sabotagem contra os ingleses, a partir dali, se multiplicaram na Palestina, no Irã, no Iraque e no Egito. Mais tarde, Hitler autorizou a criação de divisões muçulmanas Waffen-SS na Iugoslávia.

Albert Weissen empurrou em minha direção um pedaço de papel em que li:

"Divisões Handschar, Kama, Skanderbeg. Declaração de Himmler, em 1944, relatada no *Diário* de Goebbels, de modo surpreso: 'Nada tenho contra o islã, declarou-me Himmler, pois é uma religião que se incumbe de instruir os homens, prometendo o céu se combaterem com coragem e forem mortos no campo de batalha, ou seja, é uma religião bem prática e atraente para um soldado.'"

O grande mufti de Jerusalém, que encarnou a política pró-nazista e passou em revista as divisões Waffen-SS muçulmanas que se notabilizaram por sua crueldade nos Bálcãs, não foi, é claro, perseguido depois da guerra. Os ingleses o protegeram!

— E Nasir Akhban se estabeleceu em Genebra — concluiu Weissen. — Seu banco prosperou.

Quanto ao filho, Malek Akhban, não se limitou a ser um banqueiro e se tornou o intelectual democrata e moderado que conhecemos.

Weissen se ergueu.

— É bem instrutivo, não é, Nori?

Começamos a andar pelo caminho à beira do lago.

— E há quem se espante que tantos nazistas tenham conseguido refúgio na Síria e no Egito!

Eu havia respondido que dezenas de milhares de muçulmanos argelinos, marroquinos e tunisianos tinham combatido no exército aliado, sobretudo no francês, contra a Alemanha nazista. Alguns, inclusive, estavam entre os primeiros a terem invadido o Ninho da Águia de Hitler, em Berchtesgaden.

Weissen, primeiro, pareceu nem me ouvir. Depois, retrucou que o antissemitismo era uma base comum para o nazismo e o islamismo. E, de qualquer maneira, na visão islamita, havia apenas os fiéis e os infiéis, mesmo que, em certas circunstâncias e no interesse de Alá, alguns destes últimos pudessem ser utilizados.

— A artimanha e a dissimulação são admissíveis, mas o Corão dá esta precisão, meu caro Nori: "Não aceite protetor algum do campo infiel, até que emigrem para o caminho de Deus. Se eles se desviarem, alcancem-nos, matem-nos onde quer que estejam..."

Nenhum dos nossos encontros transcorria sem que Weissen me levasse a descobrir — ou me forçasse a lembrar — alguma surata guerreira, repleta de ameaças.

— Isso vale tanto para você quanto para mim, meu caro Nori. Para todos nós, pois a moderação, o respeito pelo outro e a tolerância constituem apenas uma fina película na superfície da História. As correntes profundas são terríveis. A História é um vulcão nunca apaziguado, Nori. Continua a rumorejar, mas preferimos não ouvir; voltamos a construir cidades nas encostas, à beira da cratera. E, de repente, vem a explosão, as cinzas, a lava. Todos nós somos moradores de Pompeia. Ouça ainda esta surata, Nori: "A recompensa para quem guerreia Alá e o seu Apóstolo, se esmerando em semear a corrupção na terra, será a de ser morto, crucificado, ter a mão e o pé opostos decepados ou ser banido do país. Será, para eles, o opróbrio na vida imediata; e, na vida última, sofrerão um imenso tormento..." Um vulcão, Nori, um vulcão!

XX

E, um dia, a cinza escaldante me engoliu.

Eu havia chegado a Hermance mais de uma hora antes do encontro com Albert Weissen.

O céu estava tão claro que podia distinguir os galhos das árvores que, do outro lado do lago, escondiam a casa de Malek Akhban.

Pela primeira vez, porém, desde que estava em Genebra, e sem dúvida por causa daquele tempo radioso, do sol primaveril que me pusera para fora de casa logo cedo pela manhã, senti-me tranquilo e, se tivesse o hábito de empregar essa palavra que sempre me parecera inadequada, poderia dizer: "feliz".

Mas a generosidade meteorológica daquele dia não teria bastado para provocar a minha mudança de humor.

Na véspera, no final de uma tarde que já se prolongava sob o véu de um esplêndido crepúsculo, eu havia convidado para jantar uma jovem assistente da universidade que participava do meu seminário.

Helena Hannouschi era uma libanesa com curvas acentuadas e cheias, que ela sublinhava de maneira provocativa, usando uma saia curta e justa, com uma blusa igualmente apertada. Eu chegava a imaginar o seu corpo. Sentira uma atração instintiva, como se estivesse necessitado de controlar a angústia e recalcar a tristeza com aquela abundância carnal, quase materna.

Ela havia deixado que eu escorregasse a minha perna entre as suas e gostei do seu riso que vinha da garganta, um tanto forte, e da maneira como lançava para trás a cabeça, como se, com isso, estivesse me atraindo para si.

Ambos fizemos conta de termos bebido demais, de forma que pude levá-la para a minha casa e ela permitiu que a despisse e a deitasse na cama como se estivesse alegre e um pouco embriagada.

Naquele instante, seu corpo se tornou para mim a única realidade existente.

Cassandra poderia urrar aos meus ouvidos que o vulcão estava prestes a derramar a sua lava, e eu não a teria escutado.

* * *

Os Fanáticos

Depois, deitado ao lado de Helena — o nome me divertira: outra vez a Guerra de Troia! —, com as mãos cruzadas atrás da nuca e o desejo acalmado, eu pouco a pouco me lembrei do mundo ao redor. Ele em nada se assemelhava ao que Weissen, a cada encontro, descrevia para mim.

Tranquilo e seguro — como todo cinquentão para quem cada mulher é um desafio que ele teme não conseguir superar e que, passada a prova, se enche de vaidade com o prazer dado e recebido —, lembrei do que haviam dito Pierre Nagel e Karl Zuber, com quem eu almoçara na faculdade.

A ameaça islâmica tinha a ver com o fantasma ou a manipulação, haviam ambos declarado. Se os americanos e os israelenses queriam nos empurrar para uma guerra de civilizações contra o Islã, era apenas por razões estratégicas: o controle das reservas petrolíferas etc. E eu sabia disso tudo, não sabia?

— Quanto ao doutor Albert Weissen... — disse Zuber —, pois me disseram que se veem frequentemente... Em Hermance, não é? Sabe-se de tudo em Genebra! Weissen, voltando a ele, acrescenta às suas considerações uma dimensão pessoal, uma verdadeira obsessão que, naturalmente, o influencia e deforma a análise. Sua filha vive em Israel e ele teme permanentemente os atentados. Teve a família exterminada durante a guerra e está sempre atento, achando que a perseguição pode recomeçar. Imagina ter havido e continuar havendo uma velha aliança entre o islamismo e o nazismo. Uma vez, ele fez uma conferência que foi muito comentada em Genebra, sobre as divisões Waffen-SS muçulmanas e as atrocidades que cometeram nos Bálcãs. Para ele, então, é uma luta que continua. Ouvindo-o, tem-se a impressão de que foram os muçulmanos que construíram Auschwitz e puseram em funcionamento as câmaras de gás! São coisas que o obcecam; posso compreender e desculpar, mas o que diz é perigoso: cria tensões entre comunidades, enquanto o que precisamos é de paz, e não de acusações. Precisamos de mediadores, e não de procuradores!

Pierre Nagel, por sua vez, repetiu que indiscutivelmente se assistia a um avanço integrista, mas que isso não passava de uma fase de transição.

— A globalização vai nos arrastar e carregar tudo isso, meu caro Nori.

Empolgado, Nagel começou a contar que a China estava fabricando "Barbies" programadas para os países muçulmanos. Milhões dessas bonecas já haviam sido vendidas. Vinham, naturalmente, com dois véus em seus armários, um cor-de-rosa, para as orações, e outro florido, para ir à escola.

— É um retrato do mundo, tal como ele se apresenta, Nori, e o que importa não são os dois véus, mas o fato de todas as meninas do mundo brincarem com uma boneca americana fabricada na China. Todo o resto não passa de folclore. A civilização mundial se assemelha à nossa alimentação. Não há mais patriotismo gastronômico. Come-se sem fronteiras: cozinha chinesa, indiana, italiana, normanda, argelina, tailandesa... É o mundo de hoje, Nori! É preciso aceitar que cada um degole os seus carneiros como bem entende. Alguns vão querer um bife tártaro, e outros, um cuscuz marroquino. O essencial é que todo mundo coma o necessário, e o que quiser. Deixemos os imãs islamitas controlarem seus açougues e obrigarem as jovens a usar o véu. Em breve, vamos nos encontrar todos em algum MacDonald's ou hipermercado!

Como se não fosse tão grave para mim, comentei que lamentava não ver com maior frequência a minha filha Claire. Tinha a impressão de tê-la perdido, desde que se tornara Aisha, quarta esposa de Malek Akhban.

Zuber e Nagel se espantaram. Tinham filhos e filhas que haviam se afastado, dos quais ignoravam até o que faziam. Tal ruptura entre pais e filhos era uma das características de nossa época. Nagel tinha um filho vivendo em Moscou; Zuber, uma filha agrônoma na Austrália e outra com funções administrativas num grande hotel de Istambul:

— Trocamos alguns e-mails, nos vemos mais ou menos por acaso uma ou duas vezes por ano. Mundo unido e em pedacinhos, famílias desfeitas e refeitas ao sabor das fantasias: é essa a realidade, Nori!

De que eu podia reclamar? A história humana seguia seu curso claudicante. Devia-se tratar de completar o seu ciclo e prosseguir, vivendo sem dar ouvidos aos manipuladores.

Helena Hannouschi acordou, espreguiçou-se e tomamos um café forte, deslumbrados com o sol que se refletia no horizonte, nas geleiras alpinas.

— A gente se vê quando quiser — disse ela, vestindo a saia.

Mas não permaneceria muito tempo em Genebra, acrescentou. Havia deixado o Líbano por não estar mais suportando o enclausuramento de cada um em sua própria comunidade, com a guerra mais uma vez ameaçando, e a violência e os atentados que essa fragmentação, a partir de bases religiosas, gerava. Viera para a Europa — antes tinha estado na França — querendo viver em países laicos, em verdadeiras repúblicas com os costumes livres e onde ninguém, como em certos bairros no Líbano, cospe no rosto de uma mulher por ela não estar usando o véu ou por estar com a saia um pouco mais curta.

Os Fanáticos

Passei minha mão por suas coxas. Ela riu e afastou-a: estava com pressa.

Enquanto abotoava a blusa, continuou a falar sobre o quanto tudo estava mudando na Europa.

— Veem-se cada vez mais mulheres usando o véu. Sinto olhares que me lembram os que me eram lançados em Beirute. Tenho a sensação de estar no Líbano. Por isso, quero ir embora da Europa. Ir dar aula nos Estados Unidos. O Atlântico é mais difícil de se atravessar do que o Mediterrâneo. Vai levar mais tempo. Já estarei velha. A Europa, no entanto, a começar pela França, já é quase o Líbano!

Ainda apertei o seu corpo junto ao meu, sacudi os ombros, murmurando que não se devia esperar o pior. Repeti com segurança os argumentos de Nagel e de Zuber: a civilização europeia ia encontrar um novo equilíbrio, conforme a sua tradição.

Beijar uma jovem mulher torna otimista um homem que envelhece.

Ele esquece. Imagina. Vaticina.

Assim que me despedi de Helena Hannouschi, embarquei numa das barcas que fazem o transporte entre os pequenos portos, passando de uma margem para outra do lago: Bellerive, Versoix, Hermance, Coppet.

Em Versoix, vi subirem a bordo duas mulheres com véu, acompanhadas por quatro crianças e um homem vestido com djelaba branca que as vigiava.

As duas mulheres, jovens, riam e conversavam. As crianças corriam ao longo das muretas de proteção.

Eu devia, então, aceitar aquelas presenças no seio da nossa sociedade. Não era tragédia alguma para a nossa civilização e nem ameaça, mas, sim, um enriquecimento. Achei que, mais tarde, concluído o trabalho do luto pelo passado, eu poderia encontrar Claire e chamá-la Aisha.

Desembarquei em Hermance e, tendo seguido o passeio à beira d'água, sentei-me a uma mesa do terraço do restaurante *Le Mestral* que dominava o lago.

Esperei Albert Weissen, surpreso com o seu atraso.

Acabou chegando, parecendo ainda mais abatido do que nos outros dias. Nada disse e apenas tocou de leve meu ombro. Sentou-se à minha frente, de cabeça baixa.

Assustei-me quando, afinal, cruzamos nosso olhar.

Tive a impressão de ver, cavando o seu rosto, duas crateras negras de onde brotava desespero.

XXI

não precisávamos de palavras.
Olhando o rosto machucado de Albert Weissen, seu corpo encurvado, ouvindo-lhe a respiração entrecortada, percebi que tinha sido atingido no ponto mais íntimo, mais vulnerável de seu ser.

Pareceu-me suplicar que eu nada perguntasse, que não pronunciasse o nome de sua filha, pois com certeza era essa a origem de seu sofrimento.

Imediatamente pensei em Claire e, para sufocar a angústia que me invadiu, comecei a falar de Helena Hannouschi.

Não foi, no entanto, a vitalidade transbordante do seu corpo que abriu espaço em minha lembrança, mas o que havia dito, falando do que lhe parecia uma evidência, de que a Europa já estava libanizada, fendida entre comunidades antagônicas. Os choques religiosos e étnicos, ela dissera, já haviam começado e se aprofundariam mais, pois esses grupos não estão reunidos, apesar da rivalidade, pelo cimento patriótico que, nos Estados Unidos, agrupa todos os cidadãos. Os americanos se ignoram uns aos outros, ou se odeiam e vivem fechados em suas identidades rivais, mas todos colocam a mão direita no coração e cantam o hino nacional, quando veem se hastear a bandeira dos Estados Unidos.

Onde estava o patriotismo francês ou alemão? E o europeu, propriamente, nunca de fato existira.

Continuei falando ininterruptamente, para manter enterradas as outras palavras, mas, talvez por ser forte demais em mim a inquietude, acrescentei que nossa civilização europeia, a França e os seus vizinhos nascidos das ruínas do Império Romano, que tinham levado séculos para se organizarem como nações e se tinham mutuamente dilacerado, sem dúvida se tornariam algo semelhante aos Bálcãs ou ao Líbano.

— E será a nossa morte — murmurei, não conseguindo impedir a palavra.

Vi o rosto de Weissen se deformar, um esgar contraiu a sua boca e os olhos se encheram de lágrimas.

Fez-me pensar em uma criança aterrorizada que não compreende por que a abandonaram.

Os Fanáticos

* * *

Tentei recolher de volta a palavra, apagar aquela morte.

Falei do ciclo histórico que se terminava, que havia constituído não apenas um grande momento de civilização, mas talvez também a mais bárbara sequência da história europeia, com as duas guerras mundiais, a Shoah e, misturada nisso tudo, a opressão exercida pela Europa sobre o restante do mundo e as guerras coloniais.

Quem sabe, fortalecidos pelo que havíamos vivido, conseguiríamos dominar essa nova fase em que, como por um efeito bumerangue, os povos que tínhamos submetido e explorado vinham a nós?

Era nosso dever e interesse recebê-los, se não quiséssemos afundar ou sermos carregados pela tal guerra de civilizações que assinalaria a nossa morte.

A palavra, pela segunda vez...

— Foi uma jovem que veio da Cisjordânia — sussurrou, de repente, Weissen. — A televisão transmitiu a gravação do seu testamento. Era bonita. Explicou as razões de ter escolhido espalhar a morte a seu redor e às próprias custas.

Ficou em silêncio.

— Colocou a bomba dentro de um cesto, debaixo de frutas. Pegou um ônibus. Era bem moça. Não a revistaram com cuidado. Uma bomba que lança pregos e pedaços de metal.

Quis tomar em minhas mãos as de Weissen, mas ele as retirou antes, como se quisesse enfrentar sozinho a sua dor, sem que eu pudesse segurá-lo à beira da cratera.

— Acharam a gravação no casebre em que viviam, uns por cima dos outros, seus sete irmãos e irmãs... A casa foi destruída em represália. Quantos camicases isso ainda não vai gerar?

Weissen se interrompeu, e depois, parecendo ter esquecido o início da frase, evocou o que chamou "mecanismo diabólico". O atentado suscita uma repressão legítima que, por sua vez, provoca um desejo de vingança e, em cada campo, ganham os fanáticos, que mutuamente se reforçam, agindo diante do espelho em que se reflete um inimigo, semelhante a ele próprio.

— Em sua casa — finalmente retomou —, descobriram textos de vários discursos de pregadores das mesquitas de Medina, de Meca, de Gaza. São os que Malek Akhban tão frequentemente cita em suas gravações em língua árabe...

Como era seu costume, Weissen remexeu os bolsos e tirou algumas fichas, pedaços rabiscados de papel, uma caderneta com capa verde que ele folheou e leu com dificuldade, como se lhe faltasse fôlego após umas poucas palavras.

Empurrou em minha direção a caderneta e as fichas, dizendo que ficasse com elas. Conhecia-as bem demais, disse ele, e não tinha mais o que fazer com aquilo!

Tenho ainda essas anotações à minha frente e, relendo, volto a ouvir a voz entrecortada de Weissen:

"Dois grupos, os judeus e os cristãos, disse o pregador da mesquita da Caaba, em Medina, compõem o campo de *kufer*, o campo da impiedade... O conflito entre nós, muçulmanos, e eles, judeus e cristãos, vai transcorrer, ora com a vantagem para um lado, ora para outro... O Corão apresenta os judeus como os malditos de Alá, como aqueles que provocaram a Sua cólera e que Ele, a alguns, transformou em macacos e em porcos..."

Um pregador de Meca declarou:

"Não pode haver acordo nem ponto de reunião entre o povo do islã, de um lado, e judeus e cristãos, o povo do Livro, de outro... Como aceitar o discurso do papa católico sobre a necessidade de se encontrar pontos de união entre o islã e o cristianismo?... Seria possível concordar e entrar em entendimento com quem forja tão terríveis mentiras sobre

Alá, pretendendo que Jesus — que a paz esteja com ele — seja Seu filho?"

Permanecemos muito tempo em silêncio e evitei tanto quanto possível olhar para Weissen.

Virei-me para o lago, fixando a outra margem, os barrancos cobertos de árvores de Versoix, com os olhos a procurarem o muro circundando a moradia de Malek Akhban.

Mas era como se eu visse o lugar em que minha própria filha, Claire, estava condenada à morte, vítima e criminosa, como a jovem camicase da Cisjordânia.

Albert Weissen leu ainda uma pregação pronunciada em uma mesquita de Gaza:

"Não tenham piedade alguma dos judeus", martelou o xeque diante das câmaras da televisão palestina, "quaisquer que sejam e no país em que estiverem. Combatam-nos onde for! Onde os encontrarem, matem-nos! Onde quer que estejam, matem os judeus e os americanos...! Estão todos na mesma trincheira, contra os árabes e os muçulmanos, pois estabeleceram Israel aqui, no coração mesmo do mundo árabe, na Palestina. Criaram Israel para que seja o posto avançado da sua civilização, na primeira linha do seu exército, para que seja a espada do Ocidente e dos cruzados, ameaçando a garganta dos muçulmanos dessas terras.

Quiseram tornar os judeus a sua ponta de lança... Alá, cuida dos judeus, teus inimigos e inimigos do Islã! Cuida dos cruzados, da América e da Europa, que estão por trás deles, ó Senhor dos mundos..."

Para me tranquilizar, observei que se tratava apenas de sermões de imãs e de xeques islamitas, e que outros faziam pregações diferentes, participavam de assembleias e de rezas ecumênicas, assim como, aliás, havia também católicos e evangelistas integristas. Nos Estados Unidos, alguns apoios do presidente Bush se declararam favoráveis ao retorno de todos os judeus à Terra Santa. Desejam isso porque, segundo disseram, o povo judeu deve estar reunido em sua terra para que, como anunciado no livro final do Novo Testamento, ocorra abertamente a derradeira batalha entre o Bem e o Mal, em Armagedom. Haverá, então, o Apocalipse, marcando o final dos Tempos.

Defendi a causa de que todas as religiões — e cada homem — carregam em si o demônio do fanatismo. E que se pode levantar uma contabilidade sinistra dos massacres perpetrados pela loucura fanática, sob a máscara dessa ou daquela crença, dessa ou daquela utopia, mesmo que generosas.

— Cristão e voltairiano... — murmurou Weissen.

Após um longo silêncio, acrescentou:

— Só puderam identificar seu corpo pelo DNA. Os pregos e os pedaços de metal a dilaceraram. Estava no ônibus, bem atrás do lugar em que se sentou a jovem camicase.

Weissen se levantou com dificuldade, apoiando as duas mãos na mesa.

Permaneceu por um longo instante debruçado em minha direção.

— Essa moça tão bonita, com olhar tão suave, terminou o que os carrascos de Auschwitz começaram. Sou um sobrevivente. Minha filha era a nossa memória e o nosso futuro.

Endireitou-se.

— Sou um homem só. O que ainda faço aqui? A memória se apaga quando ninguém sobrevive para perpetuá-la.

Mais como uma reza do que propriamente uma constatação, murmurei:

— Você está aqui, Weissen, está aqui...

Ele baixou a cabeça e não respondeu

XXII

Eu não soube ouvir o silêncio de Albert Weissen.

Não quis compreender as poucas palavras que pronunciou ao me entregar a caderneta de capa verde e as suas fichas.

No entanto, disse que aquilo "não lhe serviria mais".

Só me lembrei do comentário, feito com a voz cansada e surda, ao receber de Weissen, no dia seguinte do encontro em Hermance — quando soube da morte, num atentado em Jerusalém, de sua filha Esther —, uma curta carta que acompanhava um sermão dado na mesquita Al-Haram em Meca, pelo xeque Abd El-Rahman Al-Sudayis.

"Um lapso, Nori. Acrescente esse texto aos outros que lhe entreguei. Isto agora é seu. Não esqueça que vem de um xeque exprimindo-se na Arábia Saudita, um país aliado (!). Ao ler, lembre-se dos artigos de Julius Streicher, publicados em

Der Stürmer. Esse jornal antissemita dos nazistas vai lhe parecer quase... anódino! E você sabe quais foram as consequências daqueles artigos. Imagine quais serão as dos sermões islâmicos! A História, quando se repete, não é obrigatoriamente uma farsa, como acreditava Marx, aquele otimista!"

Tive dificuldade para decifrar a escrita embaralhada de Weissen. As letras mal eram compostas. Acontecia de só conseguir reconhecer, em uma palavra, apenas duas ou três letras, e precisava, então, adivinhar o sentido daquelas sinuosidades indo de uma à outra.

"Irmãos de fé", era como o xeque começava, "o que dizem o Corão e a nossa tradição, a suna? (...) Leiam a História e compreenderão que os judeus de ontem foram os ancestrais nefastos dos judeus de hoje; piores ainda: infiéis, falsificadores de palavras, adoradores do bezerro, assassinos de profetas (...), rebotalho da humanidade. Foram amaldiçoados por Alá, que os transformou em macacos e em porcos (...) São judeus — a linhagem do engano, da obstinação, da licença do Mal, da corrupção.

"Ó nação do Islã, estamos em pleno conflito com nossos inimigos de ontem, de hoje e de amanhã; a descendência das três tribos judias de Medina, sobre as quais repousa a maldição de Alá até o dia do

Os Fanáticos

Julgamento. Conhecem a verdade, os filhos do nosso povo, sobre a nação da cólera e do logro?

"O insulto que se fez contra os árabes, os muçulmanos e os seus lugares santos, assim como o desprezo com que eles são tratados, atinge o seu auge com os ratos do mundo atual que desrespeitam os acordos e cujos espíritos estão arraigados na traição, na destruição, no ardil. Em seu sangue se veiculam o desejo de invasão e a tirania (...). De fato, eles merecem a maldição de Alá, dos anjos e de todos..."

Weissen acrescentou a esse texto algumas linhas que, à primeira leitura, me pareceram indecifráveis. Pouco a pouco, entretanto, consegui decodificá-las.

"Questão: o antissemitismo de um fanático religioso, que legitima pela fé o seu ódio, é mais ou menos perigoso — ou do mesmo tipo — que o que vem do fanatismo político, da frustração nacional e social com origem no antissemitismo católico?

"O catolicismo, todavia lentamente, mas de maneira cada vez mais clara, fez seu exame de consciência. Ele reconhece ter sua origem no judaísmo...

"Você é católico, Nori — ao menos foi o que me pareceu — e eu, então, sou seu irmão mais velho! O seu Cristo era judeu! Entre nós, é uma velha briga em família. E é essa família que os imãs odeiam. Tanto você quanto eu somos *kufer*, infiéis!"

Somente na manhã do dia seguinte, descobri uma última linha que Weissen havia escrito no verso:

"Cuide de sua filha, Nori. Não a abandone! Proteja-a! Não deixe que tenha o destino de minha Esther ou da infeliz que se matou, ao matá-la.

"Deste seu irmão que sobreviveu por tempo demais."

Em vão tentei encontrar Albert Weissen.

Não respondeu ao telefone nem a meus e-mails.

Resolvi ir a sua casa, assim que terminasse minha aula.

Na saída do anfiteatro, um desconhecido se dirigiu a mim e contou que o corpo do Dr. Albert Weissen fora encontrado, sem vida, em seu escritório.

O advogado deixara várias cartas, e uma delas se destinava a mim. Só a li mais tarde, depois de caminhar por quase três longas horas pela beira do lago, até Hermance.

Eram apenas algumas palavras traçadas no centro de uma página, com uma letra firme e em perfeita caligrafia:

"Nori, caro Nori, morra apenas depois de ter combatido!

Albert Weissen."

XXIII

não podia imaginar que as mortes de Albert Weissen e de sua filha me deixassem tão desnorteado, oscilando entre o abatimento e a revolta, os desejos de fuga e de combate. Durante vários dias, porém, fiquei sufocado pelas sensações de impotência e desgosto.

Dei-me conta disso, pela primeira vez, ao encontrar Karl Zuber, no dia seguinte àquele em que soube da morte de Weissen. Com uma voz compungida, segredou que Genebra inteira esperava tal morte, pois Weissen não escondia o fato de ter um câncer em fase terminal e que planejava dar fim a seus dias. Havia, inclusive, procurado vários médicos que aceitavam a eutanásia, por respeito ao livre-arbítrio do doente.

Quando falei do atentado em Jerusalém, da morte de Esther Weissen, filha única de Albert Weissen, última sobrevivente de uma linhagem abatida a machadadas pelos nazistas, Zuber balançou a cabeça com comiseração.

Albert Weissen nunca falava da filha. Havia rompido com ela por alguma sórdida história de herança, após a morte da esposa. Ele tinha agido como uma ave de rapina, disposto a devorar a filha no próprio ninho. Esther abrira vários processos contra o pai. Em certo sentido, falando cinicamente, a morte de uma dava fim às ações levantadas contra o outro. Mas o câncer, propriamente, mesmo quando se recorre a todas as terapêuticas imagináveis — e Deus sabe quantas existem na Suíça —, continuava a sua progressão. Weissen gastou uma fortuna em tratamentos, sem sucesso. No final, organizou aquela saída de cena em grande estilo, mas também como hábil artista, se aproveitando do atentado para figurar como vítima.

— Mas em Genebra, acredite, ninguém se deixou enganar por esse último espetáculo de Weissen!

Afastei-me para não saltar à garganta de Karl Zuber e para não vomitar.

Eu sabia que Weissen também tinha sido atingido pelos pregos e pedaços de metal da bomba da assassina suicida que viera da Cisjordânia.

Sabia que ele morrera sentado no mesmo ônibus que a filha.

Sabia que se sentia culpado por não ter podido protegê-la nem reduzir ao silêncio aqueles cujas palavras e escritos eram como o explosivo que a jovem palestina escondera em seu cesto, debaixo das frutas.

Voltei à caderneta verde.
De lápis na mão, li as traduções das conferências em árabe de Malek Akhban.
Era como se eu aprendesse a como manejar uma bomba, como preparar um veneno ou como empunhar uma faca quando se quer degolar um *kufer*.

"Alá há de apagar os infiéis, repetia Malek Akhban, citando a terceira surata do Corão.

"Todos que acham que Alá pode aceitar a existência de uma outra religião na Terra, além do islã, são infiéis, e a sua impiedade não deixa margem para dúvida...

"A democracia é uma heresia contra Alá, o Todo-Poderoso. É o fruto apodrecido, a filha ilegítima da laicidade, pois esta é uma escola de pensamento herético que aspira a separar a religião da vida, separar a religião do Estado... Deve-se agir em conformidade à lei enviada por Alá. Queremos que seja aplicada a lei de Alá para os casos específicos de quem abandona a religião, de quem comete adultério, de quem rouba, de quem consome vinho.

Queremos que se exija da mulher que ela use o véu e tenha uma atitude discreta; queremos impedir-lhe os adornos. Queremos impedir a obscenidade, a corrupção, o adultério, a sodomia e outras abominações..."

Eu sabia que a aplicação dessa lei, a charia, implicava decapitação, lapidação, mutilação e pancadas "aplicadas nas pernas e não no rosto das mulheres".

Malek Akhban, dissimulando-se atrás desse ou daquele xeque, se protegia e começava suas pregações com as palavras: "Segundo o xeque Yussef al-Qaradawi, do Qatar...". Depois seguia adiante, não se sabendo mais, em seus discursos, quais palavras eram do xeque e quais eram de sua autoria, propriamente.

"Os sinais da salvação são indiscutíveis, inúmeros e nítidos como o dia claro, indicando que o futuro pertence ao islã e que a religião de Alá vencerá todas as demais religiões... Ou seja, dito de outra forma, o islã voltará à Europa como conquistador e como potência vitoriosa, após ter sido duas vezes expulso do continente..."

Com palavras assim é que a jovem da Cisjordânia se matara, matando Esther Weissen e 10 outros passageiros do ônibus.

Os Fanáticos

Como Albert Weissen, quantos não haviam sido arrastados naquela última viagem, quantas outras mortes clandestinas em todo o mundo? Quantos não tiveram o corpo mutilado, trespassado por aqueles mesmos pregos e mesmos pedaços de metal que dilaceraram os seus filhos ou parentes que seguiam no ônibus de Jerusalém?

Como fazer com que entendessem tais verdades, se ninguém queria ouvir Cassandra?

As mentiras de Karl Zuber eram tranquilizadoras. Apresentavam a morte de Weissen de maneira a não perturbar a ordem das coisas.

Pelo contrário: aquela morte se tornava uma peça do jogo hipócrita que alimentava as ilusões.

Descobri, horrorizado, que Malek Akhban participara das exéquias de Weissen, no entanto organizadas na intimidade, por seus colegas do tribunal de Genebra. A imprensa entrevistou Akhban, que se disse entristecido, comovido com o desaparecimento do advogado, um homem de grande cultura com quem ele, muitas vezes, tivera a honra de dialogar — e também se confrontar —, mas sempre de forma cortês.

"Não compartilhávamos a mesma fé, mas eu respeitava em Weissen o homem cuja família foi massacrada durante o genocídio perpetrado na

Europa, pelas nações europeias. Ele sabia que a comunidade muçulmana não esteve implicada nesse crime contra a humanidade, que se deve imputar à civilização do Ocidente. Essas mesmas nações culpadas, que deixaram milhões de mulheres, crianças e homens morrerem — entre os quais todos os parentes do Dr. Albert Weissen —, em seguida pensaram se redimir, roubando a terra da Nação Árabe para cedê-la aos sobreviventes do crime que deixaram cometer, se porventura não o incentivaram.

"Espalharam, com isso, a infelicidade no seio da comunidade dos homens de fé.

"Alá, que sabe o que é justo, julgará.

"Albert Weissen honrava o seu povo. Associo-me ao luto da sua comunidade."

Ninguém ousara interromper Malek Akhban, lembrá-lo dos corpos dilacerados pelos pregos e pedaços de metal.

Cabia a mim fazer isso.

XXIV

Pus-me a gritar.

Coloquei-me diante dos altos portões do World's Bank of Sun, na rua de Hesse.

Os seguranças não tiveram tempo de me deter e impedir que empunhasse o cartaz em que havia escrito:

Eu acuso MALEK AKHBAN!
"Quero ver minha filha!"

Os gritos de indignação e emoção, de incompreensão e desespero, de impotência e raiva que se tinham acumulado em mim desde que chegara a Genebra escaparam da minha garganta.

Toda minha prudência se fora.

Dei cabeçadas, socos, pontapés.

Fugi até o final da rua, gesticulei para os automóveis que trafegavam pelo bulevar Georges-Favon.

* * *

Vi dois seguranças que, no meio da rua de Hesse, me observavam e telefonaram. Fui na direção deles, segurando com as duas mãos o que restava do meu cartaz e voltei a gritar, seguido por curiosos que vinham a uma centena de passos.

Estava tomado pela certeza de que venceria e vingaria Esther Weissen. Seria fiel a seu pai, que me escrevera: "Morra apenas depois de ter combatido."

Comecei a gritar mais alto, fugindo quando os seguranças se aproximavam. Eles não podiam, porém, se afastar demais das portas do banco, e eu voltava à carga quando paravam de me perseguir.

Em dado momento, procurando recuperar o fôlego, me dei conta — desde então me lembrei várias vezes desse instante de lucidez — de estar também me comportando como um fanático. Havia tanto ódio em mim, tanta decepção, estava tão seguro da justiça da minha causa que poderia arremeter e explodir a mim mesmo contra os portões do World's Bank of Sun. Mataria os seguranças, mataria Malek Akhban ou, simplesmente, faria algo que, de uma só vez, me liquidaria a angústia, as incertezas, as frustrações.

Dar fim ao desespero, à expectativa, à resignação. Terminar como grande explosão, tornando a mim mesmo lava em fusão, nuvem de cinzas!

* * *

Vi os seguranças correrem de novo em minha direção e dei um salto para escapar, juntando-me à pequena aglomeração que se formara no final da rua de Hesse.

Os desocupados imediatamente se afastaram, como se temessem que eu os contaminasse, mas interpelei-os para que vissem e fossem testemunhas, apontando para os capangas de Malek Akhban que tinham parado a alguns metros dali.

Não consigo lembrar exatamente o que disse ao amontoado de pessoas que continuava a crescer.

Sei, no entanto, que me ouviram, fascinados e com assustada avidez.

Certamente, acusei Malek Akhban de ter sequestrado a minha filha, me impedindo de vê-la. Havia suspeitas de que a maltratasse, submetendo-a aos rigores da lei islâmica, drogando-a e querendo levá-la para fora da Europa, para um daqueles países em que se mutilam e lapidam as mulheres. E eu tinha o direito, sendo pai, de averiguar se minha filha tinha liberdade para ir e vir, para ter escolhas próprias, para pensar. Mas Malek Akhban me enviava seus guarda-costas, seus terroristas. Estiquei o braço apontando os dois seguranças que, com isso, se afastaram.

Repeti tudo aos policiais que me interpelaram, interrogaram e ameaçaram de imediata expulsão do território helvético.

Citei o nome do professor Karl Zuber como podendo comprovar minha identidade e o contrato que me ligava à universidade de Genebra.

Hipócrita, paternalista e desolado, Karl Zuber confirmou que eu era sogro de Malek Akhban.

Disse ignorar, é claro, a natureza da divergência que me opunha a Akhban, mas aceitaria de bom grado servir como mediador, se eu me comprometesse a não mais criar transtornos à ordem pública. Ele era genebrino e pretendia com isso preservar a reputação da cidade, com seu ambiente de tolerância.

Ouvi, sem responder, suas censuras, meneando a cabeça.

Ele estava espantado com o acesso de loucura que parecia ter me dominado. Ao mesmo tempo, porém, compreendia a decepção que eu devia sentir, tanto como pai quanto como cristão, diante das escolhas da minha filha.

Mostrou-se amigável e protetor, como seria normal se comportar com um convalescente ainda fragilizado.

— Nori, como você bem sabe, o que importa, em primeiro grau, é a convergência das religiões. Todas elas se encontram num determinado ponto luminoso que os povos religiosos, em função das circunstâncias históricas e até geográficas, chamam por um nome diferente. Mas o essencial é mesmo essa perspectiva, esse ponto de encontro, a transcendência... Sua filha não o rejeitou. Sem dúvida, por amor a Malek Akhban, esse príncipe oriental, ela mudou de língua, mas não deixou de falar, não está afásica, como teria se tornado se tivesse perdido completamente a fé, proclamasse seu ateísmo, seu niilismo... Ela crê, e você também. Por isso, continuam a pertencer ao mesmo universo, à mesma história. E digo mais: à mesma civilização. Você não a perdeu, ela apenas tomou um outro itinerário. Mas vocês, é evidente, vão voltar a se ver, a se encontrar...

Ele me abraçou efusivamente, apertou minha mão.

Fazia questão de organizar um encontro com Claire e de convencer Malek Akhban da necessidade disto: "assim como à sua filha; pois tenho certeza de que tem toda liberdade para o que quiser. Akhban é um homem bastante aberto".

Ele riu e exclamou:

— O fanático é você, Nori! Sua paixão paternal cegou-o completamente!

Deixei que prosseguisse em seu solilóquio.

Depois que foi embora, encontrei jornalistas e pude me dar conta, pelas perguntas feitas e olhares, do quanto o meu comportamento excessivo lhes interessava.

Estavam nas arquibancadas da arena; queriam gritaria, sofrimento, sangue.

Covardes, decididos a nunca, pessoalmente, lutar, estavam impacientes para assistir a algum sacrifício.

Pouco importava quem vencesse. Medíocres e frouxos, eram os espectadores do decorrer do século, sem coragem para atear fogo a Roma, mas felizes que a cidade ardesse. Sopravam as brasas para que o incêndio se alastrasse. Aqueles pequenos Neros, em seguida, lamentariam, procurariam os culpados, aprovariam a crucificação e a queima dos seus corpos, para que as chamas iluminassem a festa.

Deixei subentendido que, no combate pessoal que assumia, eu tinha aliados poderosos, mas que prefeririam, por enquanto, permanecer à sombra.

Vi as expressões dos jornalistas se animarem. Ouvi uma saraivada de perguntas. E escapuli, tendo lançado a minha isca.

Sabia que iriam fazer pesquisas sobre Malek Akhban, sugerir que o governo francês me incentivava nessa direção. Ficariam indignados se a direção dos jornais determinasse prudência.

Se não pudessem publicar seus artigos, espalhariam o boato e Malek Akhban nada poderia contra isso.

Tinha só que esperar.

XXV

Era a minha filha e não reconheci de imediato sua silhueta.

Claire era uma daquelas quatro mulheres com véu e os corpos disfarçados por baixo das amplas túnicas azuis.

Iam e vinham ao longo do embarcadouro do porto de Versoix, dando-se frequentemente as mãos.

Era uma tarde de verão, a brisa, às vezes, inflava as dobras das túnicas e me davam a impressão de ensaiarem algum passo de dança.

Da ponta do cais, eu as observava do outro lado do porto, sentindo-me desamparado e angustiado com a imagem alegre daqueles corpos com formas indistintas que se recortavam no imenso espelho do lago.

Não era assim que eu havia imaginado o nosso encontro.

* * *

Recebera na véspera — dois dias apenas depois da publicação de alguns artigos narrando os incidentes por mim provocados — um e-mail marcando o encontro com a "Excelentíssima esposa do presidente de honra do World's Bank of Sun, o xeque Malek Akhban".

Cheguei a Versoix bem antes da hora prevista, buscando as primeiras palavras que diria a Claire, repetindo-as, convencendo-me de que devia, qualquer que fosse a sua atitude, tomá-la nos braços e deixar que os instintos, a intuição e a emoção me guiassem.

Talvez bastasse dizer: "Preciso de você, preciso vê-la. O Deus em que acredita — e respeito a sua fé — não pode querer que uma filha rejeite o próprio pai. Alá pede que os filhos cuidem dos pais."

A cada vez, porém, imaginando a cena, eu voltava atrás. O que responderia se Claire dissesse: "Alá pressupõe que os pais tenham sido os protetores de seus filhos e, nesse caso, é justo que estes se preocupem com aqueles. Mas o que você fez por mim?"

Afligi-me por quase duas horas, saindo do café onde me acomodara, e fui caminhar pelo cais, com os olhos pregados no embarcadouro em que encontraria Claire. Estava resolvido a simplesmente dizer: "Quero apenas ter certeza de que você está feliz. Quero que jure. Só assim terei paz."

Depois desisti dessa frase grandiloquente. E resolvi confessar que precisava vê-la, que suplicava que me perdoasse o mal que, por inconsciência e egoísmo, lhe causara.

Caminharíamos um na direção do outro, eu abriria os braços para ela, que hesitaria, mas, enfim, aceitaria e nos abraçaríamos.

Imaginando a cena, percebi que não aconteceria. Minha vida mais parecia um filme *noir*.

Mas fiquei estupefato quando vi estacionarem no cais, perto do embarcadouro, duas limusines. Choferes e seguranças se precipitaram para abrir as portas e duas mulheres desceram de cada um dos automóveis, se reuniram entre risadas alegres e se encaminharam ao embarcadouro, seguidas por dois guarda-costas e deixando os motoristas displicentemente encostados em seus veículos, com os braços cruzados.

Minha vontade foi de fugir, desesperado e humilhado, sem poder reconhecer entre aquelas mulheres — as esposas de Malek Akhban, logo concluí — Claire, minha filha única, reduzida a ser apenas uma entre outras, tendo renunciado a toda identidade própria, à memória das suas origens, existindo apenas pelo desejo e pelo querer de seu marido e mestre.

Foi o que quis demonstrar Malek Akhban, organizando aquele encontro com minha filha, simultaneamente presente e ausente, só existindo na e pela comunidade do seu harém.

Hesitei um pouco e resolvi deixar o porto. Voltando-me, minha vista atravessou o lago e, apesar da bruma, distingui a igreja São Jorge, o torreão de Hermance e, por trás das cercas vivas, o terraço do *Mestral*.

As últimas palavras que Albert Weissen me dirigira me voltaram à lembrança e caminhei em direção do embarcadouro, como um combatente que sabe que vai morrer.

XXVI

Achei que encontraria o ódio.

Mas assim que passei pelos choferes e depois pelos guarda-costas, eles me cumprimentaram com uma respeitosa inclinação da cabeça.

Fiquei envergonhado por minha cegueira e autossuficiência, por meu delírio egocêntrico e a ridícula ênfase dos meus pensamentos.

Eu não era um herói, mas apenas um pobre coitado, um pai que não soubera dar à própria filha aquilo de que precisava para viver em paz consigo mesma e aceitar o que ela era, aceitar a civilização em que nascera.

Havia oferecido apenas incerteza e dúvida. E ela precisara encontrar seu lugar, sem referências, em uma sociedade em frangalhos que só lhe propunha o gozo, a derrisão, a negação.

Tal vida não lhe fora suficiente e ela me rejeitou. Precisava de um ideal, de algo absoluto.

Deixara para trás o vazio e os escombros, escolhendo uma fé plena e densa.

Em vez da errância sem meta, tinha preferido a "regressão fanática", que era como eu me referia à sua escolha.

Pensei tudo isso enquanto caminhava pelo embarcadouro e vendo virem em minha direção, com um fular azul escondendo os seus rostos, três mulheres sorridentes, desenvoltas, das quais nem guardei os traços, de tal forma os seus olhos brilhavam com alegre curiosidade.

Passaram por mim como um grupo de joviais amigas, segurando o riso e zombando daquele homem cuja expressão devia refletir toda a sua angústia. Aproximei-me daquela que permanecera sozinha — certamente Claire — e olhava o lago.

Parei a alguns passos de distância, e ela, afinal, olhou para mim.

Vi-a com o seu rosto de antigamente, não o da jovem mulher que era, mas o rosto da adolescente, quase juvenil e tão remoçada que a emoção me invadiu.

Tive medo de chorar, me deixar levar por um daqueles sentimentos excessivos e teatrais que, às vezes, me invadiam.

Poderia cair de joelhos, implorar seu perdão pelas ideias loucas que haviam tomado conta de mim.

Eu a imaginara vítima, maltratada, humilhada, intimidada e submissa. No entanto, ela se apresentava tranquila, purificada, radiante como se houvesse recuperado a inocência.

Consegui apenas murmurar:

— Você parece feliz.

Ela ficou de frente, seu olhar fez o meu baixar, de tal forma me senti dominado, lançado para longe, na direção do buraco negro em que toda a nossa civilização está se afundando. Incapaz de querer, tendo renegado a sua fé, com vergonha de si mesma, nossa civilização perdeu a confiança no futuro, rejeitando e afastando no esquecimento tudo aquilo que ela foi.

Lembrei-me de um pensamento de Bergson que, pouco a pouco, reconstituí naquele momento de silêncio que se estabeleceu entre mim e Claire:

"Quanto maior for a porção do passado que se mantém no presente", escreveu o filósofo, "mais pesada é a massa que o povo carrega para o futuro, pressionando os acontecimentos que se preparam: sua ação, semelhante a uma flecha, se projeta adiante com uma força igual à tensão que se emprega no fio da sua representação".

* * *

— Você está feliz — consegui repetir.

Ela permaneceu imóvel e serena. Teria preferido a expressão do seu desprezo ou ódio, em vez daquela indiferença permeada de comiseração, ironia e satisfação.

Não pude pronunciar outras palavras nem fazer qualquer gesto em sua direção, pegar-lhe as mãos, abrir-lhe os braços.

Não ousei me mover. Era minha filha e era outra. Não tínhamos mais lembrança alguma em comum.

Tornara-se Aisha.

Percebi que era alguém capaz de qualquer ato extremo. Poderia ter se sentado no ônibus em que se encontrava Esther Weissen.

E se eu fosse um dos passageiros, ela não me teria reconhecido. Sua mão não tremeria ao provocar a explosão.

Compreendi, então, o quanto a pergunta que eu duas vezes murmurara — indagando se estava feliz — lhe teria parecido mesquinha, refletindo o egoísmo medíocre em que confinamos as nossas vidas.

A civilização ocidental nada mais é que o amontoamento caótico de ambições individuais desse tipo, cada qual voltada para si mesma, se desvencilhando de todas as demais. E morremos em nossa solidão, por desejos incessantemente renovados, pois é preciso parecer insaciáveis — é a lei desse mundo de prazeres —, condenados, então, à insatisfação, carentes. Por isso somos cheios de ódio, agarrados ao que possuímos, incapazes de dar.

Talvez seja esse o reverso inelutável da nossa lucidez?

A História não existe mais, restam apenas as nossas histórias.

Tornamo-nos incapazes de continuar a viver no legendário. Procura-se apenas sobreviver, se persuadir de que a História não passa de uma sombria e ilusória paródia: *"Told by an idiot, full of sound and fury, signifying nothing."*

Mas somos apenas uns Hamlets de supermercado e só repetimos *To be or not to be* porque hesitamos entre um produto e outro, mesmo sabendo que ambos se compõem dos mesmos ingredientes e que a única diferença é a cor da embalagem.

O que eu ofereci à minha filha, além desse passeio semanal por prateleiras de mercadorias?

Ela poderia ter escolhido — filhos de amigos meus fizeram isso — se refugiar nos prazeres extremos que conduzem à negação do mundo e à autodestruição.

Quem sabe, percorreu tais caminhos quando viveu só, na Inglaterra? O que eu sabia das suas noites? Álcool, drogas, orgias? É o lento suicídio comum de tantos jovens, e ela talvez o tenha praticado, escapando apenas pela plenitude da fé em um Deus exigente que condena nossos desregramentos, nos afastando como infiéis.

Pode ser que Malek Akhban a tenha salvo, insuflando a paz que a cegueira e o fanatismo trazem.

Ela estava viva, mas não era mais Claire.

Tratou-me de forma cerimoniosa:

— O senhor já me viu — disse ela. — Encontrei meu caminho. Deus me guiou até meu esposo e minhas companheiras. Ingressei — Alá seja louvado — na melhor das comunidades. Deixe-nos viver como somos!

Como se rezasse, repeti o nome daquela que havia sido minha filha: "Claire, Claire, Claire..."

Seu rosto se endureceu.

Deu um passo adiante e eu teria preferido que me insultasse, que me cobrisse de censuras, me empurrasse... Que sua raiva e ódio me atingissem, nos unissem, nos opondo!

Mas voltou a ficar impassível.

Cumprimentou-me, inclinando ligeiramente a cabeça, e acrescentou com a voz calma, pronunciando bem cada palavra:

— Nada, nem no Céu nem na Terra, pode reduzir Deus à impotência. Ele, na verdade, é quem sabe. Ele é poderoso.

Epílogo

Foi identificada a jovem mulher que explodiu a bomba que trazia em suas roupas, na saída da mesquita, no bairro xiita de Bagdá. Chama-se Aisha Akhban.

O atentado — um dos mais mortíferos dessas últimas semanas — causou 33 mortes, além de uma dezena de feridos.

Coberta por um véu negro, a jovem esperou diante da mesquita a saída dos fiéis, entre outras mulheres.

O atentado assume uma significação particular, tendo em vista a identidade da terrorista.

Trata-se, não resta mais dúvida, de uma das esposas de Malek Akhban, influente personalidade da comunidade muçulmana da Europa.

Intelectual brilhante, orador eficaz, presidente de honra do World's Bank of Sun — fundado por seu pai, Nasir Akhban, também criador da confraria *Futuwwa*, que nasceu a partir de uma cisão havida na Irmãos Muçulmanos —, Malek Akhban, com frequência, é apresentado como um dos sustentáculos do estabelecimento do Islã europeu. Tem o apoio de organizações bem relacionadas com os partidos de esquerda e de muitos professores universitários — Pierre Nagel e Karl Zuber dentre os mais conhecidos —, assim como com os meios católicos.

Malek Akhban é considerado um moderado que se mantém aberto ao diálogo. Alguns, todavia, o acusam de duplicidade, mascarando, sob discursos e declarações comedidos, radicalismo e integrismo próximos dos que professam os xeques da Al-Qaida.

A terrorista Aisha Akhban era a quarta esposa de Malek Akhban.

Na fita gravada que ela deixou antes de morrer e que os canais árabes de televisão transmitiram, mesmo sem jamais citar Malek Akhban, ela condenou os "heréticos" e moderados, qualificando-os de "serpentes prontas para o bote, escorpiões maliciosos e traiçoeiros, inimigos sempre à espreita, veneno mortal".

Explicou que o combate dos "verdadeiros muçulmanos", travado "em nome de Deus, o Clemente, o Misericordioso", se desenvolve "em dois campos de batalha: um a céu aberto, contra um inimigo furioso e a impiedade declarada; e um outro, mais duro e encarniçado, contra o inimigo ardiloso, trajando as vestes da amizade, parecendo sempre concordar, fazendo apelo à união, mas escondendo o Mal e procurando enredar artificiosamente, para chegar aonde pretende".

Aisha Akhban visava, com isso, aos xiitas do Iraque, mas, segundo alguns observadores, atacava também os moderados do Islã europeu e, sem dúvida, o marido Malek Akhban.

Serviços de informação da luta antiterrorista já haviam assinalado, há alguns meses, a ruptura entre Aisha Akhban e o marido.

Foram esses os últimos atos de uma vida caótica.

Brilhante historiadora do Islã, Aisha Akhban era filha do professor Julien Nori, morto em circunstâncias suspeitas.

Convertida ao islã, casou-se com Malek Akhban e vivia em Versoix, pequena cidade às margens do lago Leman, nas proximidades de Genebra.

Várias vezes, ao que dizem, Malek Akhban encontrou Julien Nori. O professor francês, titular de uma cátedra da Sorbonne, começara a investigar as atividades e as redes de Malek Akhban. Teria este achado ser preciso repudiar a esposa, anteriormente chamada Claire Nori, para dar um basta às investigações do professor, preservando seus meios de ação e evitando o processo que Julien Nori pretendia abrir contra ele?

Algum tipo de negociação teria tido início entre Malek Akhban e Julien Nori?

Aisha Akhban teria se revoltado com tais arranjos sobre bases financeiras, ao mesmo tempo em que condenava a "moderação" do marido? Ou Malek Akhban usou a esposa como instrumento para um determinado fim?

Alguns investigadores garantem que Aisha Akhban participou da morte do próprio pai e que o parricídio foi, para ela, uma iniciação ao terrorismo, uma última prova para ser aceita no jihad.

De um jeito ou de outro, a morte de Julien Nori e a viagem de Aisha Akhban para a Síria, e depois para o Iraque, resolveram um dos problemas mais difíceis já enfrentados por Malek Akhban.

Para a polícia francesa, a hipótese da participação de Claire Nori — que se tornou Aisha Akhban — na morte do pai é totalmente inverossímil.

Apesar das investigações não estarem concluídas, os elementos reunidos levam à conclusão do caso ser mais da alçada da polícia civil do que da brigada antiterrorista.

Uma pista levando à máfia russa foi levantada. A polícia procura uma jovem russa que vivia com Julien Nori, mas se mantinha ligada a redes de prostituição. Estas últimas teriam exigido do professor Nori o pagamento de uma importante soma de dinheiro, talvez três milhões de euros. É possível que o

World's Bank of Sun tenha emprestado essa quantia a Julien Nori. As motivações do professor nesse caso seriam, então, não só banais, mas sórdidas.

Inúmeros observadores contestam tal orientação da investigação, achando que as autoridades francesas querem, sobretudo, negar o crime terrorista.

O principal objetivo do governo francês é o de apaziguar — alguns dizem "cloroformizar" — a opinião pública, sem nunca evocar, nas ocorrências que chocam a sociedade, a implicação dos islamitas.

Malek Akhban, inclusive, permanece, para os meios intelectuais e midiáticos franceses, um interlocutor privilegiado, um intermediário indispensável, pois é ouvido pelos muçulmanos do país.

Em Genebra, ele não quis responder às perguntas relativas à personalidade da jovem terrorista de Bagdá, sem confirmar nem negar tratar-se de uma das suas esposas, Aisha Akhban, filha do professor Nori.

Como já havia feito após a morte do professor, ele declarou ter muita estima por aquele homem da cultura, que "encarnava o que o espírito europeu tem de melhor".

Com a insistência das perguntas sobre as relações de Julien Nori com a filha, sobre os encontros que eventualmente eles tiveram em Genebra e as implicações de Aisha Akhban na morte do pai, sua viagem à Síria e posteriormente ao Iraque, assim como a publicação anunciada de um livro de Nori em que ele, Malek Akhban, estaria sendo posto em questão, o banqueiro e pregador muçulmano simplesmente declarou: "Deus sabe, Deus julga, Deus me assiste!"

Impresso no Brasil pelo
Sistema Cameron da Divisão Gráfica da
DISTRIBUIDORA RECORD DE SERVIÇOS DE IMPRENSA S.A.
Rua Argentina 171 – Rio de Janeiro, RJ – 20921-380 – Tel.: 2585-2000